よきことはカタツムリのように

辻信一
Shinichi Tsuji

GOOD TRAVELS AT A SNAIL'S PACE.

春秋社

序　立ち止まる、そしてまたゆっくりと動き出す

世界に、自分に、歯止めをかける

「スロー」という言葉を、自分の世界観や生き方の〝基点〟としてからもう二〇年近くになる。二〇〇一年、自著『スロー・イズ・ビューティフル』の刊行が、あのアメリカでの同時多発テロと重なったのは、ただならぬ縁だとぼくには感じられた。

以来、世界は大きく揺れ動いてきた。自分自身がその変化の大波に揺られながら、この激動の時代の意味を明確にとらえることは難しい。

そこには様々な要素があまりにも複雑に絡み合って、事態は混沌としている。だが、ひとつ、この現代版〝激動〟について間違いなく言えるのは、変化の速度が急激に増しているということだ。

変化の速さが、同時に、危機の深さを意味している。〝幾何級数的〟と言われるこの加速の中心にあるのは、技術と経済だ。産業革命までの四千年間をかけて人類の経済は二倍に成長し

たが、その後は多くの国が数十年で富を倍増させるようになった。つまり、経済成長が一〇〇倍にも加速したということだ。この成長を可能にした石油は、二〇世紀に本格的に利用され始めたばかりだというのに、人類はもう埋蔵量の半分以上を燃やしてしまったらしい。同じ一世紀で世界の人口は四倍に増えた。

技術的な進歩は経済成長を加速させているだけではない。本来、経済とは区別されるべき社会生活のあらゆる場面に、それは影響を与えずにおかない。圧縮された時間はますます大きなストレスとして人々の心にのしかかる。さらに、スピードアップするばかりの大量生産、大量消費、大量廃棄は、自然界全体に大きな混乱を巻き起こしてきた。

もちろん、そこには人間にとって都合のいい変化も、都合の悪い変化も混ざっている。しかし——ここが肝心なところだが——それがどういう結果を伴うものであるかに関わらず、「変化」そのものはよいことであり、必然的なことだとほとんどの人が感じているらしいのだ。しかも、変化は速ければ速いほどいい。変化のスピードについていけなくても、悪いのは自分であって、変化の方に責任はない。どういう変化が望ましいかについて意見の違いはあっても、「変化そのものは善だ」という点では、「右」も「左」もない。

忙しいと誰もが感じ、「時間がない！」と呟いている。不思議なことだ。一日は昔も今も二四時間なのに。時間はいったいどこに行ってしまったのか？　ふとそんなことを思う間にも、時間は加速し続けている。文句を言っている暇があったら、急げ、そして効率を上げろ、というわけなのだ。

ぼくは思う。「変化は善」「速ければ速いほどいい」といった現代人の〝思い込み〟が、「進歩教」と「成長教」という現代の宗教を支えている。そしてその宗教こそが、人類史上恐らく最も深刻な危機を生み出した原因なのだ、と。

アルベルト・アインシュタインの警句を思い出す。

ある問題を引き起したのと同じマインドセットのままで、その問題を解決することはできない。

マインドセットとは、人の行動や思考を左右する心の習慣のこと。グローバル規模の巨大な変化の波に流され、翻弄されながら、山積するあれこれの大問題に対処しようとしているぼくたちは、しかし、ふと立ち止まり、自問してみるべきだ。それらの問題を引き起してきたマインドセットのままで、その解決を図ろうともがいているだけではないか、と。

激流みたいな世界になんとか歯止めをかけなければならない。まずは、世界の「変化」の一部と化している自分自身に歯止めをかけることだ。そして、「進歩」や「成長」というマインドセットそのものの外へと出てゆく一筋の細い道を見出すのだ。

ストップ、そしてスローダウンしよう。まずは自分の人生、そして自分の周囲から。それがきっとよりよい社会、世界へとつながっていくことを願いながら。

立ち止まる

ドイツの作家、ミヒャエル・エンデにこんな話がある（『エンデのメモ箱』）。

遺跡発掘に向かう探検家たちの一行がジャングルを進んでいた。荷物運びとして〝インディオ〟と呼ばれる先住民が何人か雇われていた。彼らはみな屈強で、重い荷物を背に黙々と歩く。最初の四日間は予定通りに進んだ。だが五日目にインディオたちが突然、進むことを拒否した。彼らは無言のまま、輪になって座りこみ、どうしても荷物を担ごうとしない。探険家たちは困って、賃金を上げるからと言ってはなだめたり、ののしったり、しまいには銃で脅したりしたが、インディオたちは動こうとしない。探検家たちはもうどうすることもできなかった。

そうして二日経った。突然、インディオたちがいっせいに立ち上がり、荷物を担ぐと、命令も待たずに、また目的地に向かって歩き始めた。探険家たちにはいったい何が起こったのか、見当もつかない。だがインディオたちは説明もなしに、ただ黙々と歩き続けた。無事目的地に着いた後、あの二日間のことをきかれたインディオの一人はこう答えた。

「速く歩きすぎた。だから、魂が追いついてくるまで待たなければならなかったのだ」

ぼくたちにも、「真心のこもった」「魂のこもった」といった表現があるから、インディオが言う「魂がついてくる」が、どういうことだか、それなりに見当がつくだろう。

ぼくたちがもし、真心のこもった仕事や魂のこもった生き方ができなくなっているとすれば、それはあの先住民の言ったとおり、あまりにも先を急ぎすぎてきたからではないか。そうだとすれば、ぼくたちに今何よりも必要なことは、立ち止まることにちがいない。

坐る、そしてお茶を飲む

とりあえず坐ろう、とぼくは言いたい。でも、こう言い返す人があるかもしれない。もう、うんざりするほど坐っているよ、と。

たしかに、ぼくたちは人生の多くを坐って過ごす。仕事中はもちろん、移動中も坐っている人がほとんどだし、パソコンの前に坐る時間も増え続けてきた。しかも最近、欧米では、坐り続けることが健康に及ぼす悪影響についての研究が相次ぎ、坐ること自体が白い眼で見られるようになっている。

しかし、ぼくが大切だと言うのは、「何かをするために坐る」という、手段としての「坐る」

とは違う、**「坐るために坐る」**なのだ。

現代を代表する賢者ティク・ナット・ハン師は坐禅について言う。それは、「集中や悟りのための行というより、ただ何もしないことを楽しむこと」だ、と。続けて彼は言う。坐るとは、今自分が生きてここにこうしてあることに気づくこと、そして、この世界の奇跡に連なることだ。「働いている自分の身体、鼻先から入ってくる涼しい空気、回りの人々の気配、鳥の声、そして刻々色を更新していく空……」

要するに「坐る」とは、すべての「すること」を中断し、「真に気づく」ことだ、と師は言うのだ。この深い気づきの境地は、**「マインドフル」**という言葉で、今世界中に広まっている。

坐って、お茶でも飲もう、という時の「お茶」は、もちろん単なる物理的なモノとしての飲みものではなく、「飲む」も単に渇きを癒すための機能的な行為ではない。

お茶をゆっくりと、大切に、飲む。まるで世界がそれを軸として回っているというほどの重要事として。ゆっくり、穏やかに、未来へ向って急ぐことなく。今、この瞬間を生きる。この瞬間だけが人生なのだから。

（ティク・ナット・ハン『The Miracle of Mindfulness』）

休む

仏教には「不成就日」と呼ばれる日がある。これを、何をやってもうまくいかない不吉な日と考える人が多い。でも、本来は、「すること」を停止して、安息するための日だったのではないか。

旧約聖書の創世記にはこうある。「…神は御自分の仕事を完成され、第七の日に、神は御自分の仕事を離れ、安息なさった。…すべての創造の仕事を離れ、安息なさったので、第七の日を神は祝福し、聖別された」

神は六日間、天地を、光と闇を、海を、というふうに、空間としての世界をせっせと創造した。そして、第七日目にしてはじめて、モノ創りから離れて、休息するのだが、この休息は、単に身体を休めるための物理的な休息ではない。ユダヤ学者アブラハム・ジョシュア・ヘシェルの『シャバット――安息日の現代的意味』によれば、それは同時に、時間そのものを祝福し、神聖なるものとして区別するためだったのだ。

現代人が週に一度の休日をもっていることの意義もここにある、とヘシェルは考える。つまり、空間的なモノに支配された日々から解放され、神がかつてそうしたように、時間を祝福し、その聖域に憩う。ユダヤ教の土曜日やキリスト教の日曜日のように、安息日は祈りの日であり、週日に行われている世俗的な行為の数々が、禁じられる。普段の「すること」が、この日には「しないこと」とされる。仏教における「不成就日」にも、きっとこれと同様の意味がこめられているのだと思う。

「する」から「しない」、そして「いる」へ

「すること」の多くは空間への働きかけであるのに対して、「しないこと」はその働きかけの休止を意味する。その休止によって、「する」は「いる」に転換する。「する」では、空間が主で時間が従だが、「いる」では、時間が従属的であることをやめて主となる。

「すること」が過剰な現代世界の中で、自然界は損なわれ、壊され、社会は乱れ、人心も疲れ、傷ついている。ぼくたちは今こそ、「すること」に歯止めをかけなければならないのだ。そして「……しない」という引き算の発想を通じて、「今、ここにいる」ことの意味を再発見するのだ。あのインディオたちが、二日間魂が追いついてくるのをじっと待ったように。

ぼくが唱えてきた「スローライフ」も、単なる減速の主張ではない。「シンプル」や「スモール」というキーワードも、ただ物理的な量を減らすことではない。「エコロジー」とは、単

に資源やエネルギーを節約したり、環境破壊を食い止めることではない。

　これらの言葉が意味しているのは、空間における量の拡張ばかりを目指すような生き方から、空間と時間、**「いること」と「すること」が調和する新しい生き方へと転換すること**だ。

　二一世紀の始まりにあたって、ぼくと仲間たちが提案した「キャンドルナイト」も同じこと。夏至や冬至の晩に、「でんきを消して、スローな夜を」過ごそうというのは、単に電気の節約のためではない。そこでぼくたちはふと、「今、ここにいること」の意味を感じるかもしれない。そう、それは一種の瞑想でもあったのだ。

　ティク・ナット・ハン師は言う。人を詰め込んで大海原を行く小さな舟を想像してほしい。その舟が嵐に遭う。誰かがパニックに陥って、向こう見ずな行動に出れば、危険は全体に及ぶだろう。しかし、一人でも平静を保つ人がいれば、その平静さが他の人々に影響して、全員の命を救うことにもつながる。

「それが〝しないこと〟のパワーというものだ」と。

　そして師はこうつけ加える。**すべての〝すること〟の背後には、実は、こうした〝しないこと〟の力がある。**〝しないこと〟は単に〝すること〟の否定ではない。それは〝いること〟につながる。「この〝いること〟の力がすべてのよき行為の生みの親だ」と（『How to Sit』）。

アンプラグ

グローバル化の波が世界中を覆い尽くそうとしている今、思想家で社会活動家でもあったイバン・イリイチが七〇年代に提唱し、その後しばらく忘れ去られたように見えた「アンプラグ」という言葉が、ぼくにはますます意義深いものと感じられる。それは、プラグを引き抜くようにして、支配的な社会システムへの依存の度合いを少しでも減らし、自足的な生活へ向けての足がかりとすること。

また「アンプラグ」は今何よりも、「グローバルからローカルへ」という価値観の転換を意味するだろう。グローバル大企業と各国政府からの圧力と誘惑に抗いながら、内発的で持続可能なローカル経済の道を選ぶ人々が世界中で急増している。そこにこそ未来があるとぼくには思える。

とはいえ、先を急ぐことはない。日曜大工、ガーデニング、アウトドア、ヨガなど、単なる趣味や遊びだと思われているものにも、アンプラグとしての可能性が秘められている。大事なのは、こうした経験を通じてぼくたちが、一見不便で手間のかかる活動の中に歓びを再発見しながら、少しずつ生活の技術を取り戻し、自然界につながり直すことを学んでいる、ということだ。

ストップ&スローダウン。まず、立ち止まる。すると、〝よきこと〟が見えてくる。そこで、また動き出す。ゆっくりとマインドフルに。そのとき、ぼくたちはよりよい人生を生き、よりよい社会のために働くパワーに満たされているだろう。

＊＊＊

本書のタイトル「よきことはカタツムリのように」は、マハトマ・ガンディーの言葉から来ている。彼はこう言った。

Good travels at a snail's pace.（よきことはカタツムリのように、ゆっくり歩む）

でも、その肝心の「よきこと」は一体どこにあるのか、とあなたは言うかもしれない。そう、確かに、よきことが見えづらい世の中なのだろう。

でもゲーテはこう言ったそうだ。「見よ、よきものは身近にある」と。身近でゆっくりと、よきこと、よきものは進行している。それがぼくたちにとって見えない、見えにくいとすれば、それはどうしてなのだろう、と問うてみるべきなのだ。

友人で、環境運動家としてのぼくにとっての師でもあるカナダの科学者デヴィッド・スズキの数多くの著書の中に『グッド・ニュース』という変わったタイトルの本がある。原題のGood News for a Changeは、「変革のためのよい報せ」と、「たまにはよいニュース」というふたつの意味をかけた言葉遊び——一種の駄洒落なのだった。そこにも表現されているように、ぼくたちの社会は悪いニュースに満ちあふれている。ニュース・バリューという言葉があるように、価値があるのは、戦争、凶悪犯罪、たくさんの死傷者が出るテロ（特に先進国での）、大事故、大災害、権力の乱用……。もちろんよいニュースもあるにはあるが、悪いニュースに数の点でも、バリューの点でも、到底かなわない。

ぼくのように環境や平和というテーマに関心をもつ人なら誰でも知っているように、メディアからのニュースのなかに、「よいニュース」はなかなか見当たらない。だから、スズキのように、ちょっと皮肉をこめて「たまにはよいニュースを」と言いたくもなるのだ。

ニュース・バリューという価値の核にあるのは「新しさ」だ。ニュース（news）という言葉自体がそれを示している。こう言ってもいい。そこでは「新しさ」こそが「よきこと」である、と。残酷な事件を伝える悪いニュースも、それが最新情報である限り、よきことだ。

平和や民主主義やエコロジーを求める者たちでさえ、悪いニュースばかりに慣れっこになって、いつの間にか、それに依存し始める。そしてしまいには、どちらがより悲観的かを競い合うような有様だ。

新しさの裏面は「早さ」と「速さ」だ。十分早いタイミングで、迅速な報道をすることで、新しさは保障される。

こうして、伝える側も受けとる側もますます新しさという価値に傾倒していけば、「古さ」と「遅さ」は看過され、無視され、その価値は忘れられていく。

もし、「よきことはゆっくりと」というガンディーの言葉が正しければ、ぼくたちにはもう「よきこと」が見えなくなっているのではないか。ぼくたちが危機の時代を生きているというのは、まさにこのことなのではないか？　世界の危機は、ぼくたち自身の危機でもあるのだ。

この危機から脱け出すためには、何はともあれ、ゆっくりと進行するよきことに目をとめ、しっかりと向き合うことだろう。そしてそのためには、まず、ぼく自身、あなた自身が、立ち止まり、スローダウンしなければならない。

あの東日本大震災以降、日本で、いや世界中で危機は深まっていると、ぼくは感じてきた。そんな中、世界の片隅で静かに、ゆっくりと生起している「よきこと」や「よきもの」たちに、ぼくは自分なりのやり方でしっかりと目を向けたいと思った。

本書はそんなぼくのスローな旅の記録であり、今再びの「スローライフ論」である。

よきことはカタツムリのように

目次

序　立ち止まる、そしてまたゆっくりと動き出す

I

「スモール」という価値

「スロー」という価値

II

「愛」という価値

「民主主義」という価値

III

「アウトドア」という価値

「ローカル」という価値

よきことはカタツムリのように

I

前頁写真：デヴォンの海岸を歩くサティシュ夫妻

「スモール」という価値

Elegant Simplicity

本物の自然と向き合う　ブータン

インド、アッサム州から陸路で国境を越えてブータンへ。そこから長く険しい山道を経てロイヤルマナス国立公園に入る。ブータンは十数回来ているが、亜熱帯と熱帯にまたがる南部地域を訪ねるのは初めてだ。国土の三分の一を自然保護区とするブータン全体が世界有数の生物多様性を誇っているが、中でも野生生物保護区に最初に指定されたこの地域の生態学的な価値は計り知れない。ベンガル虎、ゾウ、サイ、ヒョウをはじめ、絶滅危惧種も多い。

最初の宿泊地はパンバン村。一九七〇年代にこの村の建設を計画し、陣頭指揮に当たったのが、近代農業をブータンに導入した功績で知られる日本人西岡京治氏だ。竹や蔓でダンミ川を渡る筏や吊り橋を作り、農地を切り拓いた。朽ちかけた石造りの西岡氏の家からは、この地に桃源郷を創造するという彼のただならぬ思いが伝わってくる。

その家の少し上流から、ラフティングを開始。穏やかに流れるダンミ川は女川と呼ばれる。そのまましばらく下ると、右手からもっと激しい流れで男川と呼ばれるマンディ川が合流してくる。やがて手つかずの自然の只中に宮殿風の建物が見えると、それが公園管理局の現地施設だ。

その敷地の中にある宿舎に泊めていただいた。川から見た建物は、確かに宮殿で、王族が休暇に訪れ、滞在する離宮だという。森で保護された雌ゾウと子ゾウたち数頭が飼育されていて、ここで働くレンジャーやスタッフとともに、家族のように暮らしている。そのゾウに乗って森を散策させていただく。ブータン人はゾウを「リンポチェ（活仏）」と呼び、乗る者を極楽へと導いてくれるありがたい存在として敬愛している。夕暮れに、川で大好きな水浴びを楽しむゾウたちの神々しい姿には、ただ見とれるばかりだ。

この地域だけで鳥は五〇〇種にのぼるという。多くの木が葉を落とす乾季はバードウォッチングに最適だ。お目当てはなんといっても四種類のサイチョウ。とくに大きな嘴《くちばし》をもつオオサイチョウやカラフルなナナミゾサイチョウの威厳に満ちた姿は何度見ても飽きることがない。飛び立つ時にたてる羽の音や、獣のように吠える声が起こる度に、森の中が一瞬息を呑んだように静まり返る。

オナガザルの一種でこの地域特有のゴールデン・ラングールの群れを見るのも楽しい。毛は日光にあたると金色に輝き、漆黒の顔はブータンのお祭りに登場する仮面のように恐ろしげだ。

ガイドとして、国立公園のレンジャーや地元のリヴァー・ガイド団体のリーダーが全行程に同行してくれた。**急速に生物多様性を失いつつある世界にあって、ブータンの森が生きものたちにとっての拠り所であることに、若い彼らは大いなる誇りを抱き、嬉々として自分たちの仕事に励んでいる。**

だが、そんな安息の地にも、グローバル化と開発の波はすでにヒタヒタと押し寄せている。

＊＊＊

ブータン、マナス国立公園での三日目、マンディ川でのホワイト・ラフティングに挑む。興奮と嬉しさに、一同、大声で叫び、歌い出す。途中で川に飛び込んでは、上陸してバードウォッチング。砂浜に刻まれた野獣たちの足跡や格闘の跡を観察する。

この天国のような場所が、つい最近まで戦場だったことを想像するのは容易ではない。インドからのアッサム州の分離を目指す反政府ゲリラが、国境を越えて侵入、密林に潜んだ。インド政府からの圧力を受けたブータンは六年間にわたる国外退去勧告の末、ついに二〇〇三年に実力行使を決意、当時の第四代国王が陣頭指揮する軍隊がゲリラを国境の南へと追いやった。

川下りの途中、「この辺をゲリラが毎日銃をもって徘徊していた」、「追い詰められた者たちがこの断崖から飛び込んだ」といった逸話がガイドたちの口から飛び出す。

治安が回復してマナス国立公園への観光が許可されてから二年。まだまだ知名度が低いと見えて、ぼくたち以外の観光客は皆無だった。ガイドたちが、現国王からのプレゼントだというボートやパドルを使う機会もまだほとんどない。

長年鎖国状態にあった王国ブータンは近年、世界への門戸を開いた。王制から民主制へと移行、二〇〇八年には初の憲法が発布されたが、そこには、国土の六〇パーセントを森林として保護することが定められている。自然生態系の保全は、同じ憲法にも明記されたGNH（国民総幸福）――**「お金で測られる富より、国民の幸せが大切」**という理念――を支える柱なのだ。マナスのリヴァー・ガイドたちも、自分たちこそがGNHの旗手だと自負している。

だが、世界有数の豊かな自然を誇るこの国にも、グローバル経済の大波が押し寄せ、懸念すべき開発ラッシュが起こっている。この数年で、電気と車道が奥地の村にまで達したが、そこまでは民主主義と富の公平な分配のための公共事業だと考えられた。

しかし、そこで止まらないのが、開発というものの常だ。

経済成長の柱である水力発電をさらに推進するためのダム建設、もうひとつの柱である観光を拡大するための道路建設、さらに多くのグローバル企業が背後で蠢く鉱山開発……。

ぼくたちが川下りをしたマンディ川の上流でもダムによる大規模水力発電が計画されている。つい最近まで不可能と言われた急峻な山岳地帯での道路建設のため、雨季には土砂崩れが頻発、川が濁ることも多くなった。**山の神々が怒っていると**、人々は顔を曇らせる。

ある山村で、バターやチーズをつくる昔ながらの道具がこの一年で電動式に変わっていたのに、ガイドのキンレイがビックリ。その彼は道端でヒッチハイクする人々を見て、こう呟く。つい最近まで、何日もかけて山道を歩いていたのに、今では近くまで歩くことも厭うようになってしまった。**「果たして便利になることはいいことなのか……？」**

ブータン奥地から発せられるこのささやかな問いの中に、実は全世界のジレンマが表現されている。と同時に、そこには小さな希望が潜んでいる。この問いを手放してならない。

原発でなく、太陽を拝み続けたい　山口県

願いがやっとかなって山口県の祝島《いわいしま》を訪れることになった。柳井港から島に向かう定期船からは、上関《かみのせき》原発建設の予定地である田ノ浦《たのうら》が間近に見えた。すでに進行していた埋立て工

事は、３・11の震災以来、中断したまま今日に至っている。原発誘致が決定されてから三〇年、反対運動の中心であり続けたのが、予定地の真向かいにある祝島の住民たちだった。日本中の脱原発派にとって、この風光明媚な瀬戸内海の小島は一種の〝聖地〟なのである。

同行した友人たちが、「こいわい食堂」に昼食の予約をとっておいてくれた。週四日営業、完全予約制というちょっと変わった店だ。

炭火の掘りごたつのある落ち着いた古民家。スモール・イズ・ビューティフルというわけだろうか、店の名前が「こいわい」なら、店を一人で切り盛りする女性も「おかみ」ならぬ〝こかみ〟と呼ばれている。原発に反対し続ける島に興味をそそられて広島から移り住んだ芳川太《た》佳子《かこ》だ。

温かい微笑みでぼくたちを迎えてくれた芳川は、「今日は天気が良いのでできれば電気をつけたくないのですが、それでもかまいませんか？」と尋ねる。その優しいもの言いに込められた深い思いがぼくたちの心をつかむ。

次に、〝こかみ〟は「お日様と手だけで、丁寧に心を込めてつくりました」と、筆で手書きされた「こいわい定食」のお品書きを食卓に広げた。それぞれの食材の提供者である島民の名が記されている。

釜炊きご飯、自家製お漬物（大根のぬか漬、なら漬、梅干）、味噌汁、赤じゃがの炊きもの、鯵《あじ》の一夜干しとサヨリの塩焼き、ほうれん草……。

さらに「オプション」として次の二品がある。

・お魚（一本釣り漁師まーちゃんのハゲ）

・お肉（山で元気に走り回る、氏本さんの豚でしょうが焼）

お品書きにある料理が次々に出てくる度に、ぼくたち一行の中から歓声があがる。そのおいしさもさることながら、食事に乗ってやってくる思想が感動を呼ぶのだ。何も知らずに入った店が、スローフードの鑑のような場所だったとは。

食材が祝島産というだけでなく、食器類や調理器具も島ですでに使われていたものだ。なるべく外からのエネルギーに依存しないよう、庭のかまどでご飯を炊き、ソーラークッカーでお湯を沸かし、七輪の炭火で料理をする。調味料も、無添加の伝統的なものを使う……。

こだわりはまだまだある。食後、お気入りの一品について客に一筆書いてもらう。そして〝こかみ〟がそれを感謝のメッセージとして生産者に届ける。

「こいわい食堂」は〝注文の多い料理店〟だ。客が残飯を一皿に集め、渡された古布で食器の油汚れを拭きとる。合成洗剤などで下水を汚さないための配慮だ。残飯は、耕作放棄地で放牧されている豚たちの餌になる。

食事中、その豚肉の生産者である氏本長一が現れた。祝島を扱ったふたつのドキュメンタリー映画、『祝の島《ほうり》』と『ミツバチの羽音と地球の回転』にも登場する氏本さんが、実は、「こいわい食堂」のオーナーなのだった。

うれしい驚きに満ちた食事がやっと終わった。その午後、さっき出会ったばかりの氏本が、ぼくたちを島のあちこちへと案内してくれる。そして夜も、「こいわい食堂」の隣の蔵を改造した彼の私的カフェバーに招いてくれた。薪ストーブにおいしいお酒、つまみは放牧豚の自家製ハム。宿へと戻る夜道で満天の星を眺めながら微笑んでいるのは、一日足らずでこの小さな島にすっかりとり憑かれてしまっているぼく自身だった。

＊＊＊

空と海の青さ、太陽の眩しさ、石垣、入り組んだ狭い路地、白い土塀、庭先の野菜畑。しょいこを背負って、みかん畑の中の道をゆっくり登っていく女性の姿。祝島の時間の流れは緩慢で心地よい。軒先や空き地に干してあるのは大根やビワの葉。そこに降りそそぐ陽の光は、もう春のそれだ。

「こいわい食堂」の〝こかみ〟である芳川が大学ノートに手書きした手記「祝島に移住して」を読むと、このお店がどんなふうに生まれたのかがわかる。

「なんでこの島では多くの人が三〇年も原発に反対し続けているのか」という疑問を抱いてフ

原発予定地を指す氏本長一

ラッとやってきた彼女は、間もなく「祝島の暮らしを自分の身体と心で覚えてみたい」と思うようになる。

「本当に元気いっぱいに見える島のおじいちゃん、おばあちゃん。それでも平均年齢は約八〇歳。今のうちにいろいろ教わりたい！　と思った。……食べものを山や海からいただく知恵の宝庫だ」

氏本をはじめとする島の人々との勧めで、それまで島に一軒もなかった食堂をオープンすることになった。場所は氏本家の一角。食べることが大好きで、飲食業での豊富な経験をもつ芳川にとって、「命をいただくことを大事にしたい」という気持ちを表現する絶好の機会だった。週四日、完全予約制。それは、自分が「島の暮らしを覚えるゆとり」をもつためだ。

島の人たちの紹介で元農家の平屋に住むことになった。そこに住む条件は**「神さま、仏さまのことをちゃんとするって事」**。たいがいの家に仏壇と神棚があり、神棚には氏神さまと荒神《こうじん》さまが祀られている。それらに線香をあげ、手を合わせることが、芳川の毎朝のお勤めだ。「特に荒神さまはカマドの神さまのようなので、昨日一日のおいしいご飯にお礼を言う」

「こいわい食堂」を通して彼女は、次第に、原発反対運動の強靭さの秘密を知る。それは例えば、おばあちゃんたちのこんな言い分の中にある。祝島から見て朝日が昇る方向、約四キロに上関原発建設予定地がある。もし原発が建ったら、毎朝、そこに向かって手を合わせることになる。そんなことはできん。

太陽を拝むのか、原発を拝むのか。氏本によれば、ここにこそ、世界中の人々に今突きつけられている問いがあるのだ。

かつて北海道で牧場を経営していた氏本は、父親の死を契機に故郷の祝島にUターンした。もともとエコロジカルで持続可能な酪農を目指してきた彼は、耕作放棄地に豚を放牧することで、良質な田畑を蘇らせ、育てた豚は高級レストランにブランド肉として出荷するというビジネスを展開。同時に上関原発への反対運動にも参画することになった。

3・11の直前に始まった「祝島自然エネルギー100%プロジェクト」でも先頭に立つ氏本

は言う。エネルギーと言えば都会人はすぐに石油とか原子力とかを連想する。しかし、大根やビワをつくってくれるのは太陽、それを切干大根やビワの葉茶にしてくれるのも太陽。島民にとってこれこそがエネルギーというものなのだ。3・11以後の日本に必要なのはこの原点に帰ることだと彼は思う。

こいわい食堂という小さな〝カフェ〟が祝島の「懐かしい未来」を象徴しているように、祝島は「日本という島」の持続可能な未来を示すひな型だ。

山奥の村で出会った〝スモール・イズ・ビューティフル〟

ブータン

ここは、たぶん行くことはないだろうと思っていた東部ブータンの辺境。初めて首都ティンプーから車で四日、歩いて二日かけて初めて来た時にも、もう二度と来ることはないだろうと思った村々に、三度、四度と訪れている。

二〇〇四年以来ブータンに通っているのだが、交通の便が特に悪い東部の奥へと入り込むほど、ぼくの〝ブタキチ〟が高じていくような気がする。

これまで政治的・経済的に支配的だったのは西部ブータンで、そこで話されるゾンカ語が国の公用語になっている。ブータンはチベットからの亡命者や移住者とその子孫が中心になってつくった国だと言われるが、とすれば、東部人とはもともとそこにいた先住民族ということになる。その多くがゾンカと全く違う言語をもつシャチョップと呼ばれる人々だ。彼らの文化は、この数年のちょっとした〝ブータン・ブーム〟で世界にも広まったブータンのイメージとは、かなり趣を異にしている。

社会や環境の問題について話をする時、ブータン人はよく「山の神々が怒っている」という言い方をするのだが、彼らの仏教の中にシャーマニズム、精霊信仰、アニミズムなどの土着的な要素が混じり込んでいることは、東部の奥へと分け入るほど、一層明らかになる。例えば、東部で盛んなのは〝ルー〟という石の中に住む精霊の信仰だ。この石を大切にし、汚さないようにしないといけない。時に牛乳をかけたり、バターで磨いたり、お米を供えたり。どうやらルーは水の神様なのだ。

ぼくの東部出身の友人は、「自分たちはセミ・ブディストだから」などと冗談めかして言う。つまり、仏教徒ではあるが中途半端でいい加減、ということらしい。確かに、東部人の方が宗教に対する考え方や態度が柔軟なような気がする。例えば西部と違って、東部の村では屠殺が普通に行われ、狩りや釣りが好きな人も多い。ラマ僧の妻帯を習慣とする宗派が多いのも東部だ。

ラマ僧リンジン・ロンヤン（右）と著者

北東部ルンツェ県の田舎にユニークなラマ僧がいると聞いて訪ねた。彼は妻とともに普通の僧院とは違う一種の自給的なコロニーを営んでいて、孤児をはじめ、希望者をみな受け入れている。

みかんの木に囲まれたその〝寺〟は清々しい空気に満ちていた。僧の名はリンジン・ロンヤン。彼によれば、ここには上下関係がない。子どもから大人まで、住人の一人ひとりにそれぞれの道がある。僧侶になる者も、社会に出ていく者もある。

ロンヤン師の言葉は、東部ブータンの村人たちの柔和で明るい人柄や、その幸せそうな暮らしぶりとみごとに共鳴していた。師はぼくに言った。「はるかな過去からの縁で結ばれ、ロウソクの火のように短いこの生の中で、ここでこうして出会い、家族として暮らすことになったのは、まるで夢のよう。ただそれをありがたく受け止め、今一時を感謝の中で生きる。それで十分ではないか」

師がよく使う「小さい」という言葉に、彼の謙虚さと寛容さが凝縮されていた。小さい田舎に住む自分のような小さい人間の小さい考えを聞きに、こんな遠くまで来てくれて本当にありがとう、というふうに。

それは、つい最近電気が通ったばかりという奥地だが、師はテレビも新聞もなしに、グローバル化する世界の危機的な状態をしっかり把握していた。「小さな自分」とは単なる謙遜ではない。それは、その**小ささこそが、貪欲にまみれたこの世界を救う唯一の道だという揺るぎない確信**によって裏打ちされているのだった。

夕暮れ時、師は別れの挨拶とともに、こうつけ加え、手を合わせた。「忙しい人生を送るかどうか、それはあなた次第です。あなたが忙しくない人生を選べば、あなたの心は平和で、自然も神々もみな幸せでしょう。あなたの心に平和がありますように」

ブータン人が見たニッポン　宮崎県

わがブータン人の友ペマ・ギャルポが来日した。

二〇〇四年にブータンを初めて訪れたぼくを案内してくれたのが、ベテランのツアーガイドであり、自ら「エンシェント・ブータン」というツアー会社を設立して間もないペマだった。ぼくたちは意気投合、以来、日本からの手作りエコツアーを企画・実施しながら、グローバル化の波を受けて急激に変貌し始めたブータンのこれからについて、一緒に考えてきた。そして二〇一二年、ペマの出身地であるブータン南東部、ペマガツェル県チモン村を舞台に、コットン文化再生プロジェクトを立ち上げた。衣食住の自給を軸とするローカル経済を再確立することで、ブータンにおけるひとつの発展モデルにしようというのだ。

関東から、関西へ、そして南九州へと旅をしながら、ペマは各地で講演を行った。回を重ねるごとに、舌は滑らかになり、話にも磨きがかかる。例えばこんな調子だ。

「日本人はとにかく忙しい。いつも時間がないと言っている。**日本人は世界最高の時計をつくるが、肝心の時間がない。ブータン人は時計をつくれないが、時間だけはたっぷりある**」

各地で日本の印象を問われた。

「失礼を承知で正直に答えます。大都会では、日本人は人間というよりロボットです」

乗り物の中で寝ている人が多いことにまず驚いた。

「私はこれまで、立って寝るのは馬だけだと思っていたが、日本では人間もやっている。でも、自分の降りる駅にきたらぱっと起きて降りる」

起きている人はみな携帯に釘付けだ。

「携帯が現れる前は、耳も目ももっと安らかで、口も鼻も幸せだったのではないか。一年に一日でいいから、携帯を使わない日を法律で定めたらどうでしょう。それが、きっかけとなって、かつてご先祖さまたちが、何を見て、何を聞き、何を嗅いでいたかを思い出すことになりますように」

そしてこう付け加える。

「ブータンには〝幸せの五つの扉〟という言葉があります。足、手、口、目、耳……。**その扉を通じて世界を歩く、感じる、味わう、見る、聴く。一体それ以上に何が必要でしょう？**」

大阪から南九州に。ぼくとペマの旅もいよいよクライマックスだ。田舎へ行くほどにペマは元気になっていく。景色も、人々の暮らしぶりも、子どもたちが駆け回っている様子も、ブータン同様に美しい、と。

彼の口癖は、**「生まれる時も死ぬ時もこの身一つ」**。現代人はそれを忘れて、あれもこれもと欲しがり、手に入れようとする。しかし、とペマは、宮崎県のある村の集いで語った。**欲望に駆られるほど、私たちは不幸せになっていくのだ**、と。ペマは知らないが、それはかつて原発誘致計画があった地域だ。

「ブータンでは**〝足るを知る〟ことこそが幸せの鍵**だと考えています。お願いです。もう開発はやめてほしい。開発屋さんが来たら、丁重に帰っていただきましょう」

自給自足という当たり前　岩手県・富山県

異常気象の異常が、すでに異常とすら感じられない夏。猛暑の中で、人びとはなんとか、心と体の均衡を保ちながら、それぞれの当たり前な日常を継続しようとしているかに見える。当たり前というのは、また、なんと有難いことなのだろう。

五十嵐大介の漫画を森淳一監督が映画化した『リトル・フォレスト』を見た。舞台は東北の里山。セリフはまばらだし、ストーリーも遅々として進まない。淡々と描かれるのは主人公いち子の自給的な食生活。何一つ声高に語られないのに、見終わった後に、胸に大切なメッセージがしっかりと残っている。

そこにはまだ、何百年と続いてきた自然とそれに寄り添う暮らしの基本形がある。当たり前に、今日もまた日が昇り、生きて目覚めた自分が、庭のキュウリとネギをとってきて、朝ごはんを食べる、というそのこと。村の毎日はそんな〝奇跡〟でいっぱいだ。

いち子は、農、漁労、採集によって季節ごとの里山の恵みを得る。合鴨《あいがも》農法で米をつくり、その鴨をしめ、魚をさばき、山菜や野の果実を採り、調理し、保存する。

都会暮らしを経験したいち子は都会の便利さや賑わいと楽しさを知っている。と同時に、自然と切り離された人生の虚しさや寂しさをも。彼女は今、「過疎」の村で、かえって人と人とのつながりの温かさや、自然の恵みのありがたさをひしひしと感じている。

いち子は孤独だろうか。そうかもしれない。パソコンもスマホもなさそう。不便だろうに。でも彼女は決して孤立していない。彼女は不便がもたらす様々な雑用を楽しんでいる。人の目を気にしてばかりいる都会暮らしにはない、清々しさと潔さがこの映画を充たしている。

自給自足のお手本と言えば、富山県八尾の山中に住む石黒完二一家だ。もう三〇年も、電気・ガス・水道・電話のない家で、不耕・無肥料・無農薬の自然農による自給生活を営み、五人の子どもをホームスクールで育てあげた。

「ありえない」ことだとみんな感嘆したり、呆れたり。でも石黒は**「余計なことをしてこなかっただけなんだけどね」**と。

経済学では間違いなく貧困と分類される石黒家の暮らしだが、その田畑に立てば、目の前に溢れるばかりの豊かさにため息が出る。そしてその風景はぼくたちに「豊かさ」や「貧しさ」という言葉の再定義を要求する。

世界中が追い求めてきた「豊かさ」とは何だったのか。それは、「もうこのくらいで十分」という感覚を捨てて、永遠に「より多い・より速い・より大きい」の方へと、「もっと、もっと」を追いかけ続けること。石黒の暮らしは、そして、**かつて日本中の里山で展開された暮らしは、「貧しい」のではなく、ただ、必要以上の余計なことをしないというだけのこと。「足るを知る」知恵によって人々はかえって心の平穏を得てきたのだ。**

いち子のように、ホンモノの生き方へと向かう若者が、今世界中で急増している。そして、それは世界史的な出来事にちがいないのだ。

「スロー」という価値

Slow Is Beautiful

サティシュ先生を訪ねる　イギリス

長年の夢がかなってサティシュ・クマールをイギリス南西部のハートランド村にある自宅に訪ねた。スピリチュアルな思想家として、また平和とエコロジーのための献身的な活動家として、世界に多大な影響を与えてきたサティシュ。彼はぼくにとって敬愛する人生の師であり友人だ。

石造りの家、菜園と果樹園のある庭、どれも手作りの家具や調度品、そしてサティシュ夫妻の暮らしぶり……。すべてが簡素な美しさに輝いていた。

ここでは、食べること、会話すること、瞑想すること、仕事すること、歩くこと、眠ることが、しっかりとした輪郭をもっている。それぞれにたっぷり時間が与えられている。だから急ぐ必要はない。といってダラダラと時を過ごすのでもない。

こうした丁寧で、こころのこもったあり方のことを、スローというのだろう。ぼくを出迎えたサティシュは、「きみが気に入りそうなこんな歌がある」と言って「ディレー、ディレー（ゆっくり、ゆっくり）」というインドの古詩を詠ってくれた。

「ゆっくりと織り、ゆっくりと縫い、ゆっくりと学ぶ。心よ、ゆっくりと行きなさい。そうすればすべてがうまくいく」

ぼくはガンディーの「よきことはカタツムリのように、ゆっくり歩む」を思い出していた。九歳の時に出家してジャイナ教の僧侶となったサティシュは、一八歳にして還俗、ガンディーが創始した社会運動に身を投じた。以来、ガンディー同様、地球を何周するほどの距離を、文字通り、よりよき世界を願う巡礼者として歩いてきた。サティシュは言う、人生とは巡礼に他ならない、と。

歩くことと同様、料理もまたサティシュにとって最も大切な仕事の仕事であり、神聖な〝遊び〟だ。自宅での彼も食事の度にエプロンをしてダイニング・キッチンに立つ。奥さんのジューンが庭の野菜をとりにゆく。食器のほとんどは同じデヴォン地方に住む陶工たちの作品だ。壁にはティク・ナット・ハン師の自筆の書、「あなたの手の中のパンは宇宙の身体である」。

食事はサティシュの祈りの言葉と、シャンティー（平和）の三唱で始まる。

サティシュ・クマール

この家から約二〇歩、同じ敷地内にある離れが、サティシュが四〇年以上にわたって編集主幹を務めてきた雑誌『リサージェンス』のオフィスだ。近隣に住む八人のスタッフが、ここで、エコロジー的な知恵の宝庫として国際的に高い評価を受け続ける雑誌を作り、世界に向けて発信している。

ここはロンドンでも、オックスフォードでもない。春の穏やかな陽光の下に広がる田園風景の中の小さな村だ。残業はない。在宅勤務あり。休暇もたっぷりある。昼食は家へ帰って食べても、ここにあるキッチンでつくってもいい。政府の助成金なしに、『リサージェンス』はかつて赤字、借金、発行遅れを出したことがない。

必要に応じてサティシュもそこで時間を過ごす。でもその仕事のために、散歩や食事などの日課を犠牲にすることはない。

サティシュもジューンもよく歩く。ぼくが滞在中は午前と午後に三人で近隣の海辺や森へハイキングをした。サティシュはこう信じている。**ブッダもキリストもガンディーもたくさん歩き、地球から英知を授かった。よい思想は歩くことで生み出されるのだ、**と。

追記：『リサージェンス』は二〇一六年九月、五〇周年を迎えた。

ポスト3・11時代のお寺ムーブメント

神奈川県

二〇〇七年に、ぼくの地元である横浜市の戸塚で新しいローカル・ムーブメントが始まった。舞台は善了寺というお寺、中心メンバーは、寺の住職と周辺の商店会の人々とぼく。そこへぼくのゼミの学生たちが合流して、さまざまなプロジェクトに取り組んできた。

その名も「カフェ・デラ・テラ」。これはイタリア語で「大地のカフェ」という意味だが、大地のテラをお寺のテラとかけている。ま、早い話がダジャレなのだが、そこにはぼくたちのいろんな思いが込められている。

まず、多くの日本人にとって墓地の代名詞のようになってしまった寺を、テラ、つまりぼくたちの生存の土台としての大地へとつなぎ直す。人間界と自然界との一体性を表すエコロジーとそしてスピリチュアリティの殿堂としての寺をとり戻すのだ。また、寺とは元来、地域の文化センターとして、老若男女が階層や貧富の分け隔てなく、さらには生死の別さえ超えて集い合う場であり、だから、現代風にいえば、カフェのようなものにちがいない、という思いも込められている。

「寺＝カフェ」という発想から、さらにいろいろな可能性が見えてくる。経営学の父と言われたピーター・ドラッカーによれば、現代の非営利組織（ＮＰＯ）の源流は日本の寺にこそある。つまり寺は元来、ボランティア活動や奉仕活動の中心であり、コミュニティの相互扶助ネットワークの要だった。その原動力は、経済的合理主義とは異なる慈悲の精神だ。エンゲージド・ブディズム（社会参画する仏教）という言葉が今世界中で注目されているが、もともと仏教は社会参画と同義だったにちがいない。

また、「寺子屋」がそうだったように、寺は学びの場。カフェ・デラ・テラでも、社会問題や生老病死に関わるさまざまなテーマを選んで、講演会や勉強会を開催してきた。その他、コンサート、寄席、盆踊り、市、ファッション・ショーと、なんでもありだ。毎年、夏至と冬至にはキャンドルナイトのイベントに大勢の人が集う。

樹齢三〇〇年の大木が並ぶ善了寺の境内は、都会のコンクート砂漠の中のオアシスのよう。寺では、高齢者のためのデイケア・サービスも行われ、休みには子どもたちの合宿などで賑わう。また寺は菜園やプランターでの米づくりにも熱心に取り組む。墓地のすぐ横にある畑、〝ぼちぼちファーム〟では、ぼくのゼミ生たちも農作業に参加、育てた大豆で味噌をつくったり、綿で糸を紡いだり。

東日本大震災以降、カフェ・デラ・テラは、「ポスト3・11を創る」と題する一連のイベントを催してきた。二〇一一年の夏至と冬至のキャンドルナイトには江戸学者で、今は法政大学の総長でもある田中優子が、「新時代のための江戸学」を講じてくれた。

同じ年の夏には寺の第二本堂となる「聞思堂《もんしどう》」の建設が始まった。「スローデザイン研究会」、「天然住宅」、「非電化工房」という三つのグループの優れた知恵と技を組み合わて、ポスト3・11時代を先取りする究極のエコ建築を目指した。秋にはストローベイルと呼ばれる藁のブロックを積んで壁をつくり、その上に竹を組み、さらに土壁を塗った。この一連の作業を行う〝ワークショップ〟には、のべ二〇〇人以上のボランティアが参加、昔ながらの〝結《ゆ》い〟による家づくりを再現してくれた。

聞思堂は3・11の一周年に無事落慶を迎えたが、それがさらに大きな事業の皮切りとなった。

それから四年かけて、善了寺は本堂や庫裡を含む全棟を、自然素材だけで建て直すことになった。

カフェ・デラ・テラの舞台は整った。いよいよ、地域コミュニティの拠点《ハブ》としてのカフェと寺本来のあり方を体現する時がやってきた。

追記：善了寺の本堂を含む全棟は、二〇一六年春に完成した。

被災地でのキャンドルナイト　岩手県・宮城県

東日本大震災の大津波で姿を消してしまった陸前高田の市街地跡に、ぼくは呆然と立ちつくした。高田松原の松は消え、地盤沈下のために海が近づいていて、自分がかつての市街地のどこに立っているのやら。それでも、かつて宿泊したことのあるホテルの、今は廃墟と化した建物を頼りに、そこから内陸へと真っ直ぐ伸びた通りを思い描く。その道の途中の、確か右側に、あのカフェはあったのだ。

案内してくれるのは河野和義。「ここが『風工房』」と彼が指差したのは、かつて妹さんが経営していたカフェのあった場所だ。今はもう存在しない建物の前に来て、やっと六年前の夜のことが甦った。あれも今と同じ夏至の頃、神戸から来た「ＣＡＦＥ」という名のふたり組のバンドをゲストにキャンドルナイトの集いがここで行われた。

河野が会長を務める醤油づくりの老舗、八木澤商店の、江戸時代からの仕込み蔵も、自ら有機大豆を育てた畑も、津波にのまれて姿を消した。それはかつてぼくが、「スローフード」という言葉の真意を体感させていただいた場所だ。岩手県産の丸大豆や小麦、それにミネラル豊富な海塩と地下水。地元の大地や海の恵みと、伝統的な知恵や技術の蓄積が合体した時に「本物」は生まれる、というのが河野の信念だった。

高台のお寺に上って、持参の昼食をとる。それはあの日以来、津波を逃れた人々の避難所だ。今もそこに暮らすご家族が、漬物とお菓子をふるまってくださる。

見下ろすと、建物が流されたあとの平地を瑞々しい緑が被い始めている。原材料として河野が仕入れていた小麦が流されて、あちこちで発芽したのだという。この風景を見ていると、「怒りや悲しみを通り越して、笑えてきちゃうんだよね」と、彼は、でもやはり笑わずに言う。

広田湾から隣の大船渡市までを一望できる展望台にも案内してもらった。広田半島は津波によって、一時分断され島となった。その生々しい爪痕がぼくたちの眼下にある。それは今から三〇数年前、石油コンビナートの造成計画がもち上がり、地元の反対運動によって中止に追い込まれた場所だ。運動の先頭に立ったのが、父親の河野通義だった。「命湧く海」を守れなか

津波のあとの陸前高田。2011 年 6 月

ったら、かわいい孫やひ孫に合わせる顔がない、と。

その父の遺志を継いで、息子の河野もまた、原発をはじめとする様々な開発計画に反対してきた。彼は3・11を通じて、「本物」の豊かさが改めて問われているのだと感じる。いのちを育む自然界の豊かさか、それを犠牲にして得られるモノや金の豊かさか。もちろん、地震や津波によって多くの命を奪ったのも自然。しかし、その同じ**自然によってすべての命は死の瞬間まで養われ、生かされるのだ。**

被災地を巡る旅の最後は塩釜。そこで、「100万人のキャンドルナイト」という名の一大ムーブメントを一緒に始めた仲間たちと集うことになった。被災地で、ロウソクの灯を前に、改めて、原点に立ち還ってみよう、と。

あれは二〇〇三年のことだった。ぼくたちは全国にこんな呼びかけを発した。

「…夏至の日、6月22日夜、8時から10時の2時間、みんなでいっせいにでんきを消しましょう。

ロウソクのひかりで子どもに絵本を読んであげるのもいいでしょう。

しずかに恋人と食事をするのもいいでしょう。

ある人は省エネを、ある人は平和を、ある人は世界のいろいろな場所で生きる人びとのことを思いながら。

…でんきを消して、スローな夜を。

100万人のキャンドルナイト」

原点に還る。そう、大震災はぼくたちにその絶好の機会を与えてくれたのだ。今は夏至のみならず、冬至の日にもキャンドルナイトを呼びかけているが、ぼくにとってのキャンドルナイトの原点、それは作家松下竜一の「暗闇の思想」だ。これもまた一九七〇年代、周防灘開発計画の一部だった火力発電所の建設への反対運動から生まれた。松下は言った。

〝停電の日〟をもうけてもいい。……月に一夜でもテレビ離れした〝暗闇の思想〟に沈みこみ、今の明るさの文化が虚妄ではないのかどうか、冷えびえとするまで思惟してみようではないか。

（『暗闇の思想を』）

3・11は文字通りの暗闇をもたらした。果たして、それを足がかりに、ぼくたちの「暗闇の思想」を育んでいくことができるかどうか。それが問われている。

ありがとう、さようなら　北陸

二〇一二年、あの歴史的な三カ月のことは忘れない。それは、五四基の原発のすべてが運転を停止するという歴史的な出来事で始まった。だが、わずか二カ月後には大飯原発二基が再稼働。これに反対する毎週金曜日の首相官邸周辺での抗議行動は、施政者たちの思惑をはるかに超えて、巨大化し長期化していった。

七月一六日の「さようなら原発大集会」では、一七万人といわれる参加者たちを前に、呼びかけ人の一人である音楽家の坂本龍一がこうきり出した。

「たかが電気のために、なぜいのちを危険にさらさなければならないのか」

一方では福島第一原発の四号機をはじめとして、もうひとつの大地震によって3・11を上回る大惨事が起こりうるという緊迫した状況は続いていた。鹿児島と山口で原発を主要な争点とするふたつの知事選が闘われたことは日本の変わりようを、しかし、善戦したとはいえ脱原発派候補がともに敗れたことは、日本の変わらなさを示した。

しかし、「原発のない日本」を一度経験してしまった若い世代にとって、この三カ月のもつ意味はあまりにも深い。

ちょうどその頃、新緑の北陸を旅したぼくは、3・11後の日本の新しい形を地域で模索する頼もしいカルチャー・クリエイティブ（新しい文化を創る人）たちに出会った。そのひとりが金沢でのアースデイ・イベントに出店した「旅カフェ」のほしのあきだ。その名の通り、フォルクスワーゲンのバンで移動しながらあちこちに出没する。フェアトレードコーヒーを中心に、無添加、無農薬の材料を使った食べものや飲みものを販売する。

バンを飾る手書きポスターのひとつは「原発くん、さようなら。今まであんやとさん」。ありがとうを意味する「あんやとさん」という方言の柔らかい響きに、ほしのの優しさが表れている。彼女はその頃のブログで「とまりがとまる」と題して、当時ただひとつ稼働を続けていた泊原発の停止について、こう記していた。

「人生で初めての『原発がとまる日』だー！　しかもこどもの日なんてすてき!!　『2012年のこどもの日を最後に日本中の原発はとまったんだよ』と、これからのこどもたちに言える日にしたいぜ～（^^）」


金沢から新潟への旅は、佐藤健太という素敵な青年と一緒だった。福島県飯舘村で生まれ育った三〇歳。大震災の時にも村で働き、生活していた。福島原発の爆発で村が放射能による高濃度汚染を被ったことを知り、子どもや若者を早急に避難させるよう求めて、ツイッターなどで内部から訴え続けた。やがて村全体が福島県内外に避難した後も、佐藤は福島市を拠点に活動。理事を務める「負げねど飯舘!!」は、震災から半年後の九月に『健康生活手帳――行動記録』を発行、散り散りになった村民を探し出しては送り届けてきた。一一月の「ふくしま会議」では事務局長を務めた。

「ああ、まるで飯館だ！」。美しい山里の風景の中を車が通る度に佐藤は声をあげる。また彼が「**金持ちって価値がないな、って思いますね**」と呟いたのは新潟県の粟島を訪ねた時のこと。ここと同じように飯舘にも物々交換や贈与を中心とする経済がまだ健在で、多くの住民は野菜を買ったこともないほどだった。震災を通して、本当の豊かさとは何かという問いを突きつけられた、と佐藤は言うのだ。

若い世代は今、大切なことをすごい勢いで学び、人間として成長している。そんな彼らにこれからの社会を任せよう。そしてその後からついていこうとぼくは思う。

ヨーロッパで夜を想う　フランス

フランス、ブルターニュ地方の海辺にあるベネディクト修道院で数日を過ごした。ここの僧侶たちは、日に六回の礼拝の時間を過ごす。その一日は祈り、労働、休息の三つにほぼ等しく分割されているという。

ぼくの部屋にはベッドと寝具、机と椅子があるだけだ。ただ、その机の上にポツンとフランス語の聖書が置いてある。その日最後の礼拝を終え、散歩してから部屋に戻った。もう一〇時だというのに外は明るい。早朝の勤行のために早寝したいのだが、なかなか眠くならない。そこでふと、目の前にある聖書を開いた。創世記ならぼくのフランス語でもわかりそうだと数行を読んでギクリとした。神はこの世界をつくる時に、まず昼と夜とを創り、分け隔てたのだとある。

ヨーロッパを旅しながら、夜について考えさせられることが多かった。人々はこの季節の昼の長さを存分に楽しんでいるのだが、夏の日の長さは裏を返せば、冬の日の短さである。そしてもちろん、北へ行けばいくほど、冬は長い。夏至は太陽信仰の祝祭であり、冬至は太陽の再生を祈る儀礼だったと言われる。

では近代文明にとって、夜とはいったい何だったのか？　3・11大震災以後の新しい時代を生きる者は、それを考え直してみるべきだ。

まず近代文明にとっての夜は、「生産的な昼」に対する負の記号だ。そして、生産と消費の絶えざる増大という至上命令をもつ産業社会にとって、夜はその前に立ちはだかる障壁だった。太陽の自然光に恵まれた昼の時間を生産につぎ込み、さらに効率性を上げるだけ上げてしまえば、産業に残されているのは、夜という非生産的な時間の領域へと侵入していくことだ。銃の発明が文明による〝未開〟の征服を決定づけたように、昼による夜の征服を後押ししたのは電気の発明だったろう。電灯の発明は、〝生産的な夜〟の発明をも意味した。

『眠れぬ夜の仕事図鑑』という映画がオーストリアでつくられたのは二〇一一年。翌年、日本でも公開された。前作『いのちの食べかた』で、いのちを養い育むはずの食料を生産する現場の寒々とした風景を映し出したニコラウス・ゲイハルター監督が、この映画では夜に蠢く人々の姿を通して、再び、豊かなはずの現代社会の文化的な貧しさを描いている。「ABENDLAND（西洋）」というシンプルな原題もショッキングだ。そこには、西洋による世界の植民地化と夜の植民地化とが一体となっているというメッセージが込められているのではないか。

ところで、創世記のさらに数行先には、神が六日間で世界を創った後に休息した七日目を聖なる安息の日とした、とある。その一方で神は、この世界に生きる者たちのために、六日間のそれぞれにも夜という聖なる安息の時間を確保したのである。「グッド・イブニング」、「ボン・ソワール」、「おやすみ」といった言葉のなんと神々しく美しいことか。

ところがどうだ、わが経済至上主義社会では、膨大な数の人々が寝不足で悩み、不眠症に悩む一方、いかに睡眠時間を減らすかで悩む。安息が必要なのは人間ばかりではない。人間がつくった過剰社会のせいで、自然の生態系もまた疲れ、病んでいる。

ぼくが仲間たちと「100万人のキャンドルナイト」を提唱したのは、単なる節電のためでも、脱原発のキャンペーンでもなかった。夏至や冬至に「でんきを消して、スローな夜を」過ごそうというのは、文字通り、かつてスローだった夜を再発見しようという呼びかけでもあったのだ。そして**自分の人生に聖なる時間をとり戻そうというささやかな試み**だった。

見えるもの中心の昼が終わり、夜の帳《とばり》が下りれば、見えないものにも思いを馳せてみようではないか。サン・テグジュペリの『星の王子さま』にもこんな言葉があった。「肝心なことは、目に見えないんだよ」

海辺の町の本物の音楽　タンザニア

タンザニアに旅して以来、飽きずに聴き続けているCDがある。タンザニア音楽界の至宝として国際的にも知られた故フクウェ・ザウォセ（一九三五〜二〇〇三）のアルバム「バガモヨ」だ。心地よいイリンバ（ザウォセが制作した大型の親指ピアノ）の音に乗せて、「七色の声」を操る男として知られたザウォセが歌い、物語る。

バガモヨとは、最大都市ダルエスサラームから北に車で一時間余りの沿岸の町。そこにはザウォセの子や孫たちを中心とする音楽舞踊団のコミュニティ「チビテ」がある。内陸のドドマ州出身の彼は、タンザニアを独立に導いた英雄ニエレレ初代大統領によって、国立歌舞団を率いるためにダルエスサラームに迎えられ、その後、創設された芸術大学の教授としてバガモヨに招かれたのだった。

そのバガモヨが今回の旅の目的地の一つだった。町に入る前に、その手前にあるカオレ遺跡に立ち寄った。一三世紀～一五世紀にアラブ系の人々によって栄えた港町だという。マングローブが港を占領したのですぐ近くのバガモヨに移ったという説明があったが、実は逆に、マングローブが切り尽くされて自然環境が劣化し、増加し続ける人口を支えられなくなった結果ではないかと、ぼくは海岸を歩きながら考えた。

遺跡の横にバオバブの巨木があって、その周りを回った数だけ長生きできるという。ぼくはちょっとためらいつつ、一回だけ回った。ザウォセもこの木を回ったことがあったろうか。

町ではキリスト教会を訪れた。それはかつて奴隷制末期の〝駆け込み寺〟だったらしい。その付属博物館で、アフリカ西海岸同様、東海岸でも中東やインド方面に向けた奴隷貿易が盛んだったのを知った。その拠点が他ならぬバガモヨだったのだ。

一九世紀末、奴隷制が終わるか終わらぬかのうちに、ドイツによる直接統治が始まる。一九〇五年に勃発した植民地支配への反抗「マジマジの乱」の死者は二五万～三〇万に及ぶ。うちヨーロッパ人は一五人だったという。

さて、いよいよチビテ訪問だ。ザウォセ亡き後も、チビテは演奏活動を続け、国内外で活躍している。その本拠地の舞台はいかにも手作りの野外ステージだった。観客も、現地人も、ゴザの上で、ゆっくりと傾いていく夕日を浴びながらとびきりスローな時間を共に過ごした。周

チビテの子どもたちの踊り

囲には、空き地、畑、住居、ザウォセも眠る墓地……。音楽と生活が混じり合っている。昔の日本の村祭りみたいだ。グローバル化に沸き返るダルエスサラームが遠い世界のことと感じられた。

大都会で、人々は多くのものを手に入れる。それは当たりまえのことだとぼくたちは思いがちだ。しかし、その代わりに、何を失うのかについて、ぼくたちはいたって無頓着だ。人生の終わりに、やっと気づくのかもしれない。本当の意味で「自分のもの」だと言えるのは、結局、「今」というこの瞬間だけであり、その連なりとしての時間だけだった、と。

「スローライフ」とは単に「のんびり生きる」ことではない。「今・ここ」を懸命に生き、楽しみ、味わいつくすこと。会ったこともないサヴォセが、かつて生きていただろうかけがえのない「今」が、ぼくの目の前の舞台で甦ったように思えて、ぼくはうれしかった。

夜は海岸沿いの瀟洒なリゾートホテルに宿泊した。夜明けにすぐ前の砂浜に出てみると、薄紫色の空の下、ダウ船と呼ばれる伝統的な帆かけ船が次々に沖へ出ていく。いつの間にか昨日のチビテの音楽が甦っていた。ぼくは妙に温かい海水に足を浸しながら、**この海を行き来した無数の船と、そこに詰め込まれた欲望や希望や絶望の計り知れぬ大きさと重み**を想った。

金子みすゞのいる町、いない町　山口県

あの3・11から二週間後、ぼくはなぜか山口県の海辺の町、仙崎にいた。下関からここまで、詩人金子みすゞの名を冠した直通の特別列車が毎日一便出ている。それは、座席が窓向きで、途中、海の眺めがいい場所で何度か止まってくれる、まことにスローな列車なのだ。よく晴れ渡った日で、海はあくまで穏やかに青く澄みわたっている。テレビ映像が繰り返す大津波の黒々と猛り狂う海と、これとが同じ海だとは到底思えない。ここにこうしていることのありがたさと、申し訳なさがない交ぜになる。

3・11後の今、みすゞの小さな詩がぼくたちの心をさらに強く揺さぶる。

……波は消しゴム
砂の上の文字を
みんな消してゆくよ。
……波は忘れんぼ
きれいなきれいな貝がらを
砂の上においてゆくよ。

（「波」）

みすゞが生まれ、二〇歳まで暮らした漁港仙崎は、確かに、彼女の童謡にも通じる、優しく慎ましやかな町だ。ただ、すべてが〝みすゞ一色〟に塗り込められているようなのが、ちょっと痛々しい。今では、町全体がまるで〝みすゞ博物館〟。その中心は「金子みすゞ記念館」だ。昔のままに再現された彼女の家を、あちこちに展示されている童謡を読みながら巡る。すぐ横の資料館で、年譜に沿って作品を見ていくうちに、大震災後のテレビで繰り返された「こだまでしょうか、いいえだれでも」という公共広告機構のＣＭが、実は彼女の詩だったと知って驚く。聞けば、これがきっかけで、またみすゞブームが起こりつつあるらしい。そのおかげで仙崎にかつての賑わいが戻ってくる？
イワシの大漁に沸きかえる町にいて、みすゞはこう詠んでいた。

浜は祭りの
ようだけど
海のなかでは
何万の
鰮《いわし》のとむらい
するだろう。

（「大漁」）

みすゞが生み出す経済効果は少なくないだろう。しかし、みすゞがいなかったら、仙崎はどうなっていたのか、という思いがかすめる。また、ひとりのみすゞも、漱石も、竜馬ももたない無数の町や村はどうなった？
電力会社がダムや火力・原子力発電所の建設をもちかけるのはそういう場所だった。そしてその裏には、大都市や大企業を優先して、農漁村を切り捨てる政策があったろう。
仙崎と同じ山口県にある、やはり類い稀な風景の美しさと自然の恵みを誇る海辺に、反対運動を押し切って上関原発の建設が進められた。３・11後に中断されたものの、中国電力は頑なに計画見直しを拒否している。

夕方、大きな橋をくぐって、真っ白なイカ釣り船が、港から光をいっぱいに湛えた海へと出かけてゆくのを見ていると、また、テレビ映像が脳裡に焼きつけた、津波に弄ばれる漁船たちの哀れな姿がダブってしまう。橋を渡って、青海島の端にある王子山公園から、夕陽の海に囲まれた仙崎の町を眺める。

木の間《こ》に光る銀の海
わたしの町はそのなかに
竜宮みたいに浮かんでる。
（「王子山」）

＊＊＊

そこから萩に足を延ばして、ぼくの大学の元ゼミ生の浅井朗太がやっている自然食カフェ・レストラン「ラ・セイバ」にたち寄った。大学時代、授業よりサーフィンに熱心だった彼は、奥さんの実家のある萩を訪ねていた時に、近くの海岸を一目見て、ここなら暮らしていけると思った。東京や神奈川におけるオーガニック・カフェや自然食レストランの先駆けである「ナチュラル・ハーモニー」や「カフェスロー」で働いた経験を活かして、地域に根差した店づくりに励む。食を提供し、アウトドアを楽しむ自分だからこそ自然を守るためにできることがあるはずだ。浅井はこの小さなカフェから上関原発反対の声を発信し続けている。

引き算のパワー

「見ざる・聞かざる・言わざる」と〝しないこと〟

年末年始には〝しないこと〟について考えることにしている。新年と言えば、多くの人にとっては「抱負」や「目標」であり、またその多くは「あれをしたい」、「これをしよう」といった、〝すること〟だ。しかし、正月くらい、〝すること〟で溢れた日常から離れて、〝しないこと〟の領域に遊びたいものだと、ぼくは思う。

本書の「序」でご紹介したティク・ナット・ハン師の「しないことのパワー」を思い出していただきたい。人々がパニックに陥りそうな危機的な場面に、一人でも平静を保つ人がいれば、その静けさが他の人々に影響を与え、状況が一変することもある。〝しないこと〟のパワーとはそういうものだ、と師は言い、こうつけ加えた。すべての〝すること〟の背後には、実は、こうした〝しないこと〟の力がある、と。

ナマケモノ　怠けそびれて　年の暮れ　信一

年末には、〝すること〟に追われた一年を振り返って反省。来るべき年の「〝しないこと〟リスト」をつくって、〝すること〟の引き算をはかりたいものだ。それは、間伐によって、森に陽射しや風を呼び込もうとするようなもの。〝すること〟一つひとつの健全さのためにも、引き算が必要なのだ……。

そんなことをのんきに考えていたら、いきなり正月早々、〝しないこと〟を強いられることになった。二カ月以上、声がしゃがれたまま治らないので、診てもらったら、声帯にポリープが見つかった。手術で除去するまでは、なるべく喋らないこと。そして手術後少なくとも一週間は、一切、無言で過ごすように、とのお達しだ。

今年は申年。申年と言えば、「見ざる・聞かざる・言わざる」の三猿。ぼくは、いきなり、〝言わ猿〟を体現することになったわけだ。これまでのぼくはあまりにもお喋りが過ぎたのだろう。しばらく口を閉じて静かにしていろという天からの警告かもしれない。

三猿は、三つの〝しないこと〟を表している。日本では一般に、「見て見ぬ振り」や「知らん顔」など、「無関心」や「不関与」の態度を意味することが多い三猿だが、海外では広く「三頭の賢い猿」と呼ばれ、悪しきことを見ず、聞かず、話さず、という古代からの道徳的な教えを伝えてきた。

あのマハトマ・ガンディーもこの三猿のシンボルを大切にしたという。でも、ガンディーの生き方が、「無関心」や「不関与」の対極にあるのは明らかだ。では彼にとっての三猿とは何なのか？

そのことを、インド人思想家でガンディー思想に詳しいサティシュ・クマールに尋ねたことがある。彼は「闇を呪うより、ロウソクを灯せ」ということわざを使って、こう説明してくれた。

闇をいくら責めても仕方がない。**否定ではなく、むしろ肯定的なエネルギーによって、何かそれに代わる状況をつくり出す。**それがロウソクだ。悪や不正に対抗する代わりに善をなし、善を助ける。人の短所を責める代わりに、長所に注目し、そのよさを励まし、育てよう、とサティシュは言うのだった。

そう考えれば、「見ざる・聞かざる・言わざる」という三つの〝しないこと〟は、単なる「見る・聞く・言う」の否定なのではない。むしろそれは、世間の動向に一喜一憂し、表面的な対応を繰り返すことを諫めている。そして、その代わりに、より深く本質的な理解と、それに基づく行動を促すのだ。

思えば、ぼくたちの生きている情報社会には、「見る・聞く・言う」が溢れかえっている。

ぼくたちはそれら〝すること〟の洪水に溺れかけているのではないだろうか。

つまり、そこでは、「見ているつもりなのにちゃんと見えていない」とか、「言えば言うほど相手に届かなくなる」といった逆説的な事態が起こっている。「見る・聞く・言う」が量的には増えても、質的には衰えてしまうのだ。

一年のはじめ、そして節目、節目にはこう誓いたい。もっとしっかりと目を見開き、耳を澄ませて、よきことを見聞きし、本当のことを話すことができますように。

せっかく生まれてきたのだから

ぼくが選んだ二〇一五年のワースト流行語は「一億総活躍社会」。

去年、真っ先に「一億総活躍社会」に異を唱えて、「一億総ナマケ社会」を対置したのは、ぼくの友人で、「ナマケモノ倶楽部」の仲間でもあるウチュウジンだった。

本名福田稔、「宇宙塵」は彼のペンネーム、脳性麻痺の障がい者にして、パントマイマー、詩人でもある。最近、ぼくが教えている大学に、彼をゲスト講師として迎えた。久しぶりにこのキャンパスに来た印象を問われて、彼は、例によって、全身から声を絞り出すようにしてまず一言、「きれい」と言った。

校舎も学生たちも、前よりずっと清潔そうで、ますます自分が異質に感じられる。「きれい」は、言い換えれば「無菌」ということ。校舎も教室も人々の関係性も、以前と比べて無菌な状態になっている、と彼は感じる。

本来は生きること自体が無数の微生物との濃厚な関係によって成り立っている。人間同士の関係も雑菌にまみれている。そうした本来の身体的な関係性が今では希薄になりつつなるのではないか、と宇宙塵。

確かに、抗菌や滅菌が、まるで政治的なスローガンのように社会に蔓延している。一億総無菌社会⁉

コミュニケーションにも同じようなことが言えるだろう。それはますます間接的、バーチャルで、非身体的な方向へと急速に変化してきた。そういう社会では、いよいよ身体障がい者の生きづらさが増す。言うまでもなく、彼らの障がいはバーチャルではない。他の身体との直接的な触れ合いが、彼らの日常を支えているのだ。

「無菌」に続けて、宇宙塵はこう説明する。以前には、行く先々で、小さな驚き、戸惑い、居心地の悪さ、などが彼の周囲に生まれたものだ。しかし、最近はそれもなくなってしまった。今ではただ、「まるで何も存在しないかのような、ぼくの存在の完全な無視」があるばかりだ。以前のように、笑われたり、罵られたりする方がまだましだという気さえする、と。

質問に立った一人の女子学生が悲しそうに言う。確かに、幼い頃から、障がい者を「見ちゃダメ」とだけ言われ、それが「差別しない」ということの意味だと思いこんできた気がする。では、その代わりに、どうすればいいのか、教えてほしい、と。

「君たちもまた被害者なんだ」と宇宙塵。そして彼は自分が生まれた時のことを話した。「殺してやってくれ」という祖母に反対して、父はぼくを「生かす」と言い張った。「せっかく生まれてきたのだから」と。この「せっかく」のおかげでぼくは助かった。君たちもぼくも「せっかく」生まれてきたんだ。

「差別しない」というのはみんな同じということじゃない。みんな違うけど、「せっかく」生まれてきたことには変わりない。それを認め合えるといいのだが……。

「辛いのは障がい者だけじゃない」と宇宙塵はつけ加えた。社会全体から、〝いること〟についての**「認知」が蒸発しつつあるのではないか**。「一億総認知症なんだよ」と全身をよじるようにして宇宙塵は笑った。

あちこち動き回ること、あれこれ〝すること〟にかけて、障がい者は健常者に及ばない。しかし、せっかく生まれて、ここにこうして〝いること〟においては、誰が勝ることも劣ることもない。

かつて「〝頑張らない〟ということ」という詩でぼくを感動させた宇宙塵。若い時の彼は

「がんばって」と声をかけられると、「がんばらないよ」と返していた。でも、最近は、笑顔で応えることにしている。

挨拶が大事だと今の彼は思う。どんな言葉でもいい、どんな身ぶりでもいい。**お互い不完全な者同士、「〝いる〟だけでいい」と認め合えれば、それでいい、**と。

植物とその柔和なるパワー

〝すること〟と〝いること〟の違いを、サティシュ・クマールは、英語の「パワー」と「フォース」という言葉で説明してくれる。

ともに「力」と訳される「パワー」と「フォース」だが、そこには本質的な違いがある。「パワー」は内なる力だ。例えば、種子は木となる潜在的な力をもっている。仏教によれば、誰もが仏性をもっている。だれもがブッダのように偉大な者になれるパワーを秘めている。これこそが真の強さだ、とサティシュは考える（『今、ここにある未来』）。

一方、フォースとは外なる力だ。まずは規則、法律、軍隊、武器、政府などによって外からもたらされる強制力。それらにも増して、お金が大きな力を発揮するのが現代世界だ。人間が自然を操作し、搾取し、ねじ伏せようとするのもフォースなら、親が子どもに、教師が生徒にあれこれ強いるのもフォースだ。

柔和な者は幸いです。その人たちは地を受け継ぐから。

「山上の説教」の中のこのイエス・キリストの言葉について、サティシュはこんなふうに言っている。

「柔和な者」はフォースをもたない、その意味では弱い人だ。それは、腕力もずる賢さもないが、しかし、花のように優しい人のことだろう。花は優しいばかりではなく、パワーにあふれている。その香り、柔らかさ、美しい色彩の力で人を、虫を、魅了する。また、自らを果実へと変える力もある。

柔和で、優しく、謙虚な花の力、それはフォースではない。そしてそれこそが、〝いる〟力、〝ある〟力としてのパワーだ、とサティシュは言うのだ。

最近、ぼくは植物のパワーに魅了されている。そして**植物こそが、〝いること〟のパワーを人間に思い出させてくれる最良の教師**だと、ぼくは大真面目に考え始めている。

『植物は〈知性〉をもっている』の著者、マンクーゾとヴィオラによれば、生物学者も含む現代人のほとんどはいまだに、人間中心主義に囚われたままだ。それは、自分たちこそが進化の頂点にある最も優れた生物であり、他のすべてはただ自分たちのために存在するという思い込みだ。その世界のピラミッドの底辺に置かれ、いちばん下等な存在と見なされてきたのが植物や微生物だ。

だが、そもそも植物は地球上の多細胞生物の九九パーセントを占める世界の主役だ。また、我々人間の生存に欠かせない、空気、食物、エネルギー、薬などを与えてくれる、この上なくありがたい存在であるはず。

そんな偉大な存在を人間は貶めてきた。脳がないから知性もなく、動物にあるような感覚器官がないから感覚もない、と思いこんできたせいだろう。また、動物のように動き回ることすらできないという「固着性」のゆえに、下等な存在だと決めつけてきたのだ。

しかし、である。

動物が運動能力を発達させたのは、生きるために必要な栄養をとるのに、他の動植物を食べなければならないから。一方、植物は、生きるために必要なものをすべて空気、土、そして太陽からとり出すことができる。動物が自給自足できない「従属栄養生物」であるのに対して、植物は自給自足する「独立栄養生物」だ。

動かないでも、動物たちから自分の身を守るために、植物たちは様々な方法を編み出してきた。自分に有利なように、動物を逆に利用する術も身に着けてきた。身体の一部を失っても平気なように、モジュール構造でできた体をもっている。動物と違って、脳、肺、胃といった少数の器官に重要な生命機能のほとんどすべてを集中させたりしない。

目がなくても見、耳がなくても聞く、というふうに、人間のもつ五感の他にも、一五以上の感覚をもっているという。また、肺なしに呼吸をし、口や胃なしに栄養を摂取し、骨格なしに直立し、脳なしに決定を下すことができる。他の植物や動物とコミュニケーションをとり、眠り、記憶し、他の種を操ることさえできる。

植物は予測し、選択し、学習し、記憶する能力を持った生物だということがこの数十年に蓄積された実験結果のおかげで、ようやく認められ始めている。

（『植物は〈知性〉をもっている』）

忙しそうに〝する〟から〝する〟へと動き回って、心身をすり減らしているぼくたち人間に比べて、一見ただそこに〝いる〟だけで必要なことを粛々とすべて見事に成し遂げている植物たちのパワーはどうだ⁉

II

前頁写真：エーヤワディー河口にて

「愛」という価値

Love Supreme

本物の愛はどこに？　日本

クリスマス、正月の次はバレンタインか。やれやれ。この日に愛を誓うキリスト教世界の風習を、日本では企業が商売に利用してまんまと成功。だが、愛という言葉が巷に溢れるほど、この社会の冷ややかさが際立つようだ。

ブラック・アイド・ピーズが「Where is the Love?」という世界的な大ヒットをとばしたのは二〇〇三年のこと。

人びとが殺し合い、死んでいく
傷ついた子どもたちの声が聞こえてくる……

神さま、教えて
愛は一体どこに?

それは、アメリカによるアフガニスタンやイラクへの侵攻に対する抗議の表現だった。しかし、それだけにとどまらない。

ほんとのことは闇の中
真実なしに愛は不可能
さあ、答えてくれ
愛はどこ?……金儲けしか興味がない
利己主義がみんなを迷わせた
……人間性はどうなった?
フェアと平等は?

まるで今の日本じゃないか。特定秘密保護法、TPP、原発再稼働、安保法制、そして憲法九条破棄……。経済成長という祭壇に、国家は今や民主主義さえも生け贄に捧げようとしているかのようだ。

バレンタインの後に控えているのは三月一一日。この日を迎える度にぼくたちは何度でも自問しなければならない。愛はどこに行ってしまったのか、と。


『オキュパイ・ラブ』というドキュメンタリー映画を見て、心が躍った。この映画をつくったベルクロウ・リッパーは、「人類の危機をいかにラブストーリーに変えるか」という問いとともに世界を取材して歩く。アラブの春から、ウォール街占拠（occupy）へ。タールサンド採掘という世界史上最大の環境破壊に抵抗するカナダの先住民は、先の問いに胸の入れ墨で答える。「Love is the Movement」、この運動こそが、地球とぼくのラブストーリーさ、と。ニューヨークの若者たちは言う、**「愛は最も民主的な体験だ」**。


一九九二年、リオの世界環境サミット。一二歳の少女セヴァン・スズキの言葉が世界中に感動の波を引き起こした。大人たちに向けた六分間のスピーチの締めくくりはこうだった。

「あなたたちはいつも私たちを愛していると言います。……もしその言葉が本当なら、**どうか本当だということを行動で示してください**」

あのセヴァンがバレンタイン・セールたけなわの日本を家族とともに訪れた。ぼくはこう思ったものだ。商業主義の権化としての日本のバレンタインを本物のラブストーリーに変える方法を見つけたい、と。名づけてセヴァンのバレンタイン・ツアー「Love is the Movement!」。『オキュパイ・ラブ』が描いたように、世界中で今、大きな意識の転換が起きている。そのシンボル的存在がセヴァンだ。映画『セヴァンの地球のなおし方』の中で、今や大人となり、先住民男性の妻となり、母となったセヴァンは、「子どもがどんな世界に生きることになるか」を決める大人たちの責任についての自覚を訴えた。そして原発や環境破壊は「世代間の犯罪」だと。

彼女は言う。**生まれくる子どもたちは、未来そのもの。その未来と対話することが、地球をなおす最善の方法だ、**と。

風の便りと本物のニュース　福岡県

3・11東日本大震災から三年。政府は、国外では原発ビジネスのお先棒を担ぎ、国内では原発再稼働、核燃サイクル計画の継続へまっしぐら。まるで、人類史に残るあの福島の原発事故など存在しなかったかのようだ。メディアの目も福島や原発から遠ざかるばかり。

来日時のセヴァン・スズキ（左）と中村隆市

しかしその間にも、中村隆市からは、原発をめぐるニュースが次々と届く。彼はこの三年間、ブログ「風の便り」を通じて、〝本物〟のニュースをコツコツと配信し続けてきた人だ（http://www.windfarm.co.jp/blog/blog_kaze）。

福島の事故現場では、一瞬即発の危機的状況が続く。高濃度の放射能汚染水漏れは繰り返されている。崩れかけた四号機のプールからの燃料棒取り出し作業は、今のペースだと、あと四〇〇日以上かかる。その間に大地震がきたら、3・11直後以上の大惨事になる可能性もある……。

中村にとって何より気がかりなのは、今も被曝し続けている子どもたちのこと。日本のフェアトレードの先駆けでもある中村は会社経営の傍ら、一九八六年のチェルノブイリ原発事故の四年後から被曝児童の支援活動に参画、九二年からは度々、薬や医療機器を届けるためにベラルーシを訪問、甲状腺がんの早期発見のための移動検診車導入や、放射能汚染地を少しでも離れるための保養施設づくりを支援してきた。

こうした活動を通じて、病気の子どもやわが子を亡くした親にたくさん会った。また医師や研究者たちから、具体的なデータによって様々な病気が増え続けていることを知らされた。

それと似たことが、すでに日本でも起きている、と中村。すでに福島県の心疾患死亡率は三年で、一四・四パーセント増えて全国一位になった。福島県の調査委員会の発表によれば、子どもの甲状腺がんは三三人、「がんの疑い」が四一人で、計七四人となった。これは通常の発症の割合に比べ、数十倍から一〇〇倍以上の異常な増え方だ（追記1参照）。

中村は言う。チェルノブイリ原発事故で汚染されたベラルーシ、ウクライナ、ロシアの法律では、年間一ミリシーベルト以上被曝する地域からは避難する権利があり、五ミリシーベルト以上は移住の義務があるとされた。しかし日本では未だに、幼児や妊婦さえ二〇ミリシーベルトまで住んでいいことになっている（追記2参照）。

住民を避難させないのはなぜか。中村によれば、最大の理由は、移住や避難のための補償費用が莫大になることと、原発再稼動に向けて「原発事故の被害は小さい」と思わせたい政府の思惑だ。

幼い二児と来日した世界的な環境運動家セヴァン・スズキのツアー「Love is the Movement!」を九州に招いた中村はこう言った。**私たちの「愛の範囲」は狭くなるばかりで、自分にさえ被害が及ばなければ、自然が破壊され、未来世代が苦しんでも構わない、と思うようになっているのではないか。今こそ、「本当の愛とは何か」が私たち一人ひとりに問われている**、と。

追記1：その後、二〇一六年六月現在の状況を中村に問い合わせたところ、以下の報告を寄せてくれた。慢性リウマチ性心疾患は、原発事故前は全国平均の約一・八倍だったものが年々増加して二〇一四年には約三倍になっている。また福島県の調査委員会の発表では、子どもの甲状腺がんは二〇一五年末現在で、一一六人となり、ガンの疑いも含めると一六六人になった。これは通常の発症の割合に比べ、数十倍から百倍以上の異常な増え方だ。また政府統計によると、甲状腺がんの手術数は大人でも増えており、事故前に比べ、九州・沖縄一・一、南関東一・五倍、北関東一・八倍、東北二・二倍、福島二・八倍と、福島県に近いほど増えている。
追記2：この「20ミリシーベルト」規定は二〇一六年六月の現在も全く変わっていない。

贈与経済を目指す静かな冒険

韓国・イギリス・フィンランド・ミャンマー

戸塚の善了寺で始まった「カフェ・デラ・テラ」というムーブメントについては、すでに紹介した（四八頁）。夏至と冬至のキャンドルナイト、テラヨガ、落語会など、数々の催しが行われるが、そこで生じる金銭のやりとりは、原則として〝恩送り〟としている。

恩を他の人とへ先送りする。支払いは自分が得たものへの代価としてではなく、寄付として行う。早い話が、お金を払うかどうか、払うとすればどれだけ払うか、は各自考えて決めよう、ということだ。もともと、お寺の経済的基盤はお布施や喜捨と呼ばれるコミュニティからの寄付にある。だから、カフェ・デラ・テラでも、通常の貨幣経済とはちがうやり方を目指したい。

そんなぼくらのお手本となったのは、仲間たちと訪れた韓国ソウルのホンデ地区にある「敷居のない食堂」だった。これを始めたのは、医者や市民運動家たちのグループ。政府の新自由主義的な民営化政策によって医療サービスを受けられなくなるだろう貧困層のために、できるだけ健康によい食事を提供したいと考えた。

そこには、メニューがない。客はカウンターに並んだご飯、野菜類、卵、味噌を、必要なだけ器にとって、ビビンバッ（まぜごはん）にする。そして好みに応じて、漬物やスープを添える。すべて新鮮、地産地消、有機無農薬。最高品質の安全な食材ばかりだ。とる量は自由だが、各自残さないようにして、食後は食器を下洗いして戻す。

またこの店には値段がない。平均的な一食分の原価を示す小さな表示があるだけ。それを参考に、客は自分の懐具合と相談して決めた値段を払う。払えない人は払わなくてもいい。これでは経営が成り立たない、と思うかもしれない。しかし、数年を経て、この店は赤字を出さずにちゃんと営業を続けている。

これと同様の、「お代は各自払えるだけ」というカフェやバーが世界のあちこちに生まれつつあるらしい。最近は、ミュージシャンのボン・ジョヴィが地元のニュージャージー州に「ソウル・キッチン」という店を開いて評判になった。


恩送りは〝ペイ・フォワード〟という考え方と似ている。『ペイ・フォワード　可能の王国』（ミミ・レダー監督、二〇〇〇年）という映画の主人公の少年が「世界をよくする方法」として考えたのがペイ・フォワードだった。一人が三人の困っている人を助ける。その際、その三人がそれぞれまた別の三人を助けると信じて、そうするのだ。それが無限に続いていけば、全世界に、気づかいと親切と愛がネズミ算式に広がっていくはずだ。しかも、巡り巡って、元の助けた人のところに戻ってきて、たぶん、その人がもっとも助けを必要とする瞬間に、その恩恵を受けることになるだろう、と。

イギリスなどでベストセラーになった『ぼくはお金を使わずに生きることにした』という本の著者、マーク・ボイルが、一年にわたる金なし生活《マニレス》——結局は二年半続けた——で自らに課したルールのその一つが、やはりペイ・フォワードだった。

ボイルによれば、それこそが自然界のルールだ。

「リンゴの木は果実を無条件で与える。現金もクレジットカードも要求しない。その種が鳥などの力で離れた場所へ運ばれることを信じて、ひたすら与えている」

一方、人間はつい目先の欲得から、取っては貯めこむ。だが、本当の意味での安心と豊かさは、そこからではなく、与え、分かち合うことによってこそ生まれるはずだ、とボイルは言う。

遠い地を目指す冒険もいいが、3・11後のぼくの心に沁みるのは、ボイルのように動かずに、自分の周りに新しい経済をつくり出すという冒険だ。まるで、動かずして周囲の世界を動かす植物のように。ボイルと共に来たるべき贈与経済を想像してみようではないか。

＊＊＊

年末年始には今でも、アメリカに暮らしていた頃のあの高揚感と憂鬱が混じり合った不思議な感覚を思い出す。アメリカ人にとってクリスマスはたぶん一年でいちばん重要な日だ。多くの人々が愛に陶酔するその同じ日に、多くの人々が孤独に絶望する。それは一年で最も自殺が多い日。毎年、ひと月ほど前から、クリスマス・プレゼントをめぐる特別な緊張感があたりに漂い始める。包みを開けるクライマックスに向けて、クリスマス・ツリーの下に積み上げられていく〝正しい〟ギフトの山。

アメリカばかりではない。元来、ギフトというものには矛盾と葛藤がつきものだ。心とモノ、ギブとテイク、見返りを求めない愛と見返りを求める心、匿名のプレゼントと名札のついた贈答品、贈る側と贈られる側の間に横たわる溝。

「気持ちばかりの贈り物」だと言うなら、実際に気持ちだけではいけないのか？　見返りを求めないはずが、お返しがないことに腹をたてたり……。いっそ贈り主である自分の正体を隠したままギフトを届ければいいはずなのだ。そう、サンタクロースのように。

ギフトは今や、市場交換の渦にのみ込まれてしまいそうではないか。贈り物からいくら値札を外したって、贈る人にとっても、贈られる人にとっても、ちゃんと値段はくっついている。「真心をこめた贈り物」の「真心」はどこへ行ってしまったのか？

しかし、あきらめるのはまだ早い。贈与は、単なる交換の一種ではない。それどころか、**「贈る」という思いと行為にこそ、人間の人間たる所以があり、来るべき新しい時代の希望があるはずなのだ。**

＊＊＊

映画『めがね』にこんな場面がある。沖縄の海辺で「かき氷屋」を始めた初老の女性は、なぜか客から金を受け取らない。ひとりの子どもが折り紙を届けるのをみて、困惑していた大人たちはそれぞれの〝お礼〟を思いつく。漁師は魚を、民宿の主人は歌を、主人公は長い時間をかけて編んだマフラーを、贈る。「かき氷屋」の周りに、交換の形をとりながらも、交換の中に収まりきらない贈り物の環ができる。小さなコミュニティの芽生えだ。

初冬のフィンランドでは、長年田舎で漁師として自給自足的な生活を送るペンティ・リンコラ氏を訪ねた。一九三二年生まれの彼はこの六〇年以上、鳥類の生態調査を続けながら、著作を通じて現代世界のあり方を痛烈に批判、その一方で、「大地に負荷をかけない軽々とした歩み」を実践するエコロジストだ。

彼によれば、**自分の取り分を減らす分がそのまま他の生きものへの、そして未来の世代へのプレゼントとなる。**「フィンランド自然遺産協会」のメンバーとして、寄付を募り、その金で買い取った自然林を手つかずのままに遺す運動に参加しているリンコラに薦められて、ぼくも一〇〇平米の原野を〝所有〟することになった。それは未来への、そしてぼく自身へのささやかな贈り物だ。

ミャンマーのエーヤワディー（イラワジ）河口でマングローブ林の再生のためのお手伝いをしていた時のこと、近隣の村々のお年寄り二〇人ほどから聞き取り調査をしたことがある。誰もが現金収入のほとんどない貧しい人々だ。

「人生のどんな時に幸せを感じたか」という問いに、ほとんどの人が、「困っている人を助けた時」、「仏様にお供えをした時」、「お寺に寄進できたとき」と、晴れ晴れとした顔できっぱり

ミャンマーの村人たちの歩く瞑想

と答えた。そこには、執着が不幸を招き、手放し、与えることが幸せへの道だという仏の教えをそのままに生きている人たちの姿があった。

世界中の若者たちの間で、フェアトレードの人気が高まっている。それは、ますます弱肉強食の様相を呈する従来のビジネスや貿易に歯止めをかけ、経済そのものを奪い合いから分かち合いへとつくり変えようとする機運を表している。「ボランティア」も若者たちの合言葉だ。これもまた、他者への奉仕やコミュニティへのサービスといった仕事本来の意味が、再び息を吹き返す兆候にちがいない。

「恩返し」という言葉のすぐ裏側に「恩送り」という言葉が隠れているのではないか。お金を払う時、ぼくたちは商品への代価を払っているのだと思い込みがちだが、実は、自分が得た恵みを次の人がまた得られるようにという願いを込めて、恩を先へと送(贈)っているのである。

ぼくたちの命は自然界の贈り物。その恩に報いることなどできはしない。ぼくたちにできるのは、恩を返すことではなく、ただ恩を贈ること。

みんなの贈り物でできている「恩の環」に、連なることができれば、それが幸せというものだ。

スピリチュアルな社会変革運動　タイ

本物という言葉を見てみる。すると、そこに「物」という字がある。「物」だけがリアルで、だから信じるに値するという見方、考え方のことを物質主義という。ぼくたちの暮らす現代日本社会は、まさにこの物質主義に染め上げられている。商品としての「物」の生産や消費を最優先する社会で、宗教は道徳や倫理とともに地に堕ちた。いや、物質主義こそが一種の〝宗教〟なのだ。

実は、そこにこそ、人類を生存の危機にまで追い込んだ根本的な原因があるとぼくは考えている。

ここ数年、友人たちと、「アジアの叡智」という一連の映像作品を手がけてきた。どれも、**アジアの知的伝統の中から、物質主義を超えるための手がかりを得たい**という思いから生まれたものだ。

その第五作目のタイトルは「音もなく慈愛は世界にみちて」。タイの二人の賢人の思想と行動から、現代世界におけるスピリチュアリティ復権の意義を探る。

一人はスラック・シワラック。東南アジアの代表的な知識人、環境・平和活動家、また社会変革のために仏教の教えを活かそうという「エンゲージド・ブディズム」国際運動の指導者として知られる。社会的企業家としても活躍、「ライト・ライブリフッド賞」を受賞。

もう一人は、やはりエコロジー運動の指導者として世界各地で活躍中のプラチャー・フタヌワットだ。若くして革命運動に参加、後に非暴力思想を学ぶため、仏教僧となった。エンゲージド・ブディズム運動にも参画。還俗後は、スラックらがバンコク郊外に創設した精神修養と生活の場、「ウォンサニット・アシュラム」を拠点に、社会活動と瞑想を融合させた教育プログラムを展開した。

『音もなく慈愛は世界にみちて』の冒頭、宗教についてのぼくの問に、スラックはこう答える。

宗教は助けにも、害にもなる。**スピリチュアルであるために、宗教が常に必要なわけではないが、良き導きともなりうる。それが本物の宗教というものだ、**と。

プラチャーは国際的に有名な瞑想の先生だ。ぼくも毎年、ウォンサニット・アシュラムで、ぼくのゼミ生や希望者のための瞑想セミナーをお願いしている。

彼によると、**瞑想は「人間と自然との融合」というスピリチュアルな境地へと私たちを導いてくれる。**そこから改めて、科学技術、経済、政治などを見直してみるのだ、とプラチャーは言う。こうした意識の転換によって、社会の大変革もまた可能になるにちがいない、と。

スラック・シワラック（左）とプラチャー・フタヌワット

プラチャーの導きでレッスンを受けていると、瞑想の最中に彼が唱える言葉の中に、「ネイチャー」というキーワードがある。それを主語として、「ネイチャーが息をしている」という言い方がされる。歩く瞑想なら「ネイチャーが歩いている」。坐る瞑想なら「ネイチャーが坐っている」というふうに。

これについては、毎回必ず参加者から、「このネイチャーとは何ですか」という質問が出る。ぼくたちはモノとしての「自然」を思い浮かべがちだが、そうではないようだ。

プラチャーは次のように説明する。

この世界には「名前のある世界」と

「名前のない世界」という二つの次元があって、ここでいうネイチャーはその後者のこと。「名前のある世界」は、「私／あなた」「彼／我」といった区別から成り立っている。それは私たちが生きていくには、もちろんなくてはならない区別なのだが、でももしその次元しかないとすれば、これまた困ったことだ。「名前のある世界」に歯止めがきかなくなれば、その果てには、限りない自我への執着しかないのだから、と。

だからネイチャー、つまり、「私／あなた」「彼／我」といった区別を超えて、すべてが融合して一体であるような「名前のない世界」を併せもつことによって、「名前のある世界」とのバランスを保っていく必要がある、とプラチャーは言うのだ。

でも、そうした「モノを超えた次元」を切り捨ててしまおうというのが、現代社会のあり方なのではないだろうか。そして、それが今、ぼくたちが経験している歴史上かつてない環境や社会や心の危機の原因なのではないか。

「名前のない世界」とのバランスをそれぞれの日常の暮らしの中で保っていく。それが仏教的智慧というものだろう。そして、その一つの方法が瞑想なのだとぼくは考えている。

「音もなく慈愛は世界にみちて」というタイトルは、映像の中でスラックが紹介してくれるタイの格言から来ている。**「木々は大きな音をたてて倒れるが、音をたてずに育つ」**。現代世界でも、あちこちで、やかましく木が倒れる一方で、多くの木が静かに育っている。だから、あせっていけない、とスラックは言っていた。

そして彼はつけ加える。「真実を頼りに、慈悲の心をもち続けること。これが唯一の道です」

「民主主義」という価値

Earth Democracy

天からのメッセージ　タイ・オーストラリア

あの三月一一日以来、新しい時代への扉が開いた、と思っている。しかし、それにしても、こんなかたちで扉が開かれるとは。若者たちには、子どもたちには、そしてこれから生まれてくる者たちには、あまりにも気の毒だ。

でも仕方がない。どちらにしても、扉は開かれたのだ。ならばそこへと歩み入るしかあるまい。ポスト3・11時代へようこそ。

あの頃のことをよく思い出す。まだ、動転して何も手につかない日々からようやく抜け出したぼくがやり始めたのは、タイの代表的な仏教思想家、社会活動家であるスラック・シワラックの本を翻訳する仕事だった。

その本の、「天のメッセージ」と題された第一章はこんなふうに始まる。

「シッダールタ王子、つまり後のブッダが、宮殿を離れたのは二九歳の時です。そして、生まれて初めて、病人、老人、死者、そして放浪する僧侶に出会います。人生の現実を体現するこれら四人の姿を見て絶望した彼は、快適な暮らしを捨て、苦しみや死をのり越える決意をもって、信仰生活に入りました。後になって、あの時目にした四人の姿こそ、天からのメッセージであったと気づくことになるのです」

続けて、スラックは、一九九八年に世界銀行のジェームズ・ウォルフェンソン総裁（当時）に会ったときのことを語る。その前年にタイの通貨危機から始まったアジア経済の崩壊について、総裁に尋ねられたスラックは、「天からのメッセージだ」、と答えたという。そして、「グローバル経済に代わる代案を見つけなさい」という天からの励ましの声だと思う、と。

そのスラックは、大震災に見舞われた日本について、何を思ったのだろう。そう問うぼくに、彼がこう答えてくれた。

「西洋に追いつけ、追い越せ」という競争の、アジアにおけるチャンピオンだった日本だが、本当に学ぶべきことは、「西洋の成功は同時に失敗でもある」、ということなのだ、と。「なぜなら、西洋にとっての成功とは、他者——人間ばかりではなく、生きとし生けるもの——を支配し、コントロールすることを意味していたからです」

しかし、その他者——人間とその他の生きもの、大地や水や空気などのすべて——のおかげで我々は生きている。この恩に感謝し、目先の政治的・経済的な利得のために自然を利用し、搾取することをやめなければならない、とスラックは言う。

さらに彼は、福島の原発事故について、「死を、老いを、そして様々な人生の苦しみを、他人事と考える」現代人の態度に起因している、と指摘する。

震災からひと月余りたった四月のアースデイには、シンガーソングライターで、脱原発をはじめとする環境平和運動の仲間であるアンニャ・ライトがオーストラリアから来てくれた。その彼女と組んでぼくも、その春ちょうど一〇周年を迎えた「カフェスロー」などで、歌とトークからなる一連のイベントを行った。題して「ポスト3・11を創る」。

五月、そのアンニャからメールが届く。

「ぐっすり寝てくださいね。少なくとも八時間。もちろん、あかりを消して。これが、今の私たちにできる最も効果的な変革のための活動かもしれません」

なるほど、とぼくは唸った。「転換」だ、「シフト」だ、という声が世の中に増えたのはいいことだろう。しかし、夜中まで煌々と電気をつけて、電磁波をいっぱいに浴びながら、「原発から自然エネルギーへのシフト」のために、目を真っ赤にしてパソコンに向かうなんていう図に、なっていないかどうか。

自然エネルギーの「自然」とは、まず、自分自身のこと。天からのメッセージは、よく寝て澄んだ心にこそ、届くのだ。

最後のマングローブ象　ミャンマー

〝民主化〟とセットでやってきた〝経済開国〟によって、近年大きな変貌を遂げてきたミャンマー。最大の都市ヤンゴンには、世界中から人々が群がってきている。そのほとんどは、この国の「良質で安価な労働力」や「豊富な自然資源」を、次なる経済成長の糧にと目論むビジネスマンや政治家だ。ホテルは軒並み数倍に値上がりしたが、それでも当分は予約でいっぱいだ。

ぼくにとっては八年ぶりのミャンマーだった。二〇〇四年の終わり、ぼくはこの国で、世界史上最悪の自然災害とも言われるスマトラ沖大地震・津波を経験したのだった。

それは、震央からアンダマン海を隔てた対岸、エーヤワディー河口のマングローブ地帯。この地域で一九九九年以来、生態系再生プロジェクトを展開してきた日本の「マングローブ植林行動計画」（代表・向後元彦）とミャンマーのFREDAというふたつのNGOの仲間たちと一緒だった。後で地震に詳しい人に聞くと、この地域に大きな被害がなかったのが不思議だという。

そこから無事生還した年明け、ぼくはある雑誌にこう書いた。

「今月は阪神・淡路大震災の一〇周年であり、今年は敗戦後六〇年。今ここにある平和で穏やかな時間が奇跡以外のものではありえない、と思える。そしてその一方で、改めて現代文明というものの脆さ、危うさを思わずにいられない」

同じ記事でぼくはふたつの誓いを立てていた。ひとつは、海の生物を育み、地球温暖化を軽減し、人類を災害から守ってくれるマングローブ森の保護・再生に一層精を出して取り組むこと。もうひとつの誓いは、二〇〇五年を日本における脱原発元年とすべく、できるだけのことをすること。

ああ、それから三年後には、巨大サイクロン〝ナルギス〟が、同じデルタ地域を襲い、六年後には、日本の東北地方をやはり過去最大級の地震と津波が襲って、福島の原発事故を引き起こすことになろうとは。

＊＊＊

生態系保護区の一部であるビョンムエ島の野生動物研究施設を訪ねた。捕獲されているワニを見ようと立ち寄ったのだが、ぼくたちを待っていたのは、湿地のあちこちに残っている象の足跡と糞だった。昨晩やってきて、水辺にあるニッパ椰子の新芽を食べていったらしい。深いぬかるみで足を引きずった跡もくっきりと残っている。

〃マングローブ象〃と呼ばれるこの象の足裏は柔らかで、干潟のぬかるみを移動するのに適しているという。六〇年代までこの地域に多数生息していたが、生態系の劣化と人口の流入によって圧迫され、二〇世紀の終わりには一四頭を残すのみとなったという。それが、一〇年もたたないうちに四頭、そして現在はとうとうオス一頭となってしまった。

目の前にある糞や足跡が、世界最後の一頭かもしれないマングローブ象のものなのだ。うれしいやら、切ないやら、複雑な感情が心のうちに渦巻いた。

かつて世界有数の豊かさを誇ったこの地域のマングローブ林は、輸出米増産のための水田開発や、薪炭材の伐採によって急激に破壊された。その後の環境保護活動によって、森はまた息を吹き返しつつあるようにも見える。

今をときめくミャンマーの経済開放路線はこの地域にどんな影響を与えるのだろう。世界中あちこちで、マングローブは常に真っ先に経済成長や開発の犠牲とされてきた。十数年の努力が実ってようやく根付き始めた持続型の地域づくりが、新たな開発の津波によって、呑み込まれてしまわなければいいのだが。

生き残った一頭のマングローブ象、それは一体何を象徴しているのだろう。

野草に学ぶエコロジーと平和　韓国

秋たけなわの韓国に、大ベストセラー『野草手紙』の著者として知られる黄大権《ファンデグォン》を訪ねた。愛読者のひとりとして、この美しい本の著者といつか会って話したいと思っていた。

話は一九八五年にさかのぼる。留学先のアメリカから一時帰国した直後に、彼は突然、全斗煥《チョンドファン》政権の諜報機関である国家安全企画部によって令状もなしに拘束された。二カ月にわたる拷問の末、当局が捏造した「海外留学生スパイ事件」なるものの首謀者に仕立て上げられた。死刑求刑ののち、「無期懲役」の判決が確定、結局、韓国に金大中《キムデジュン》大統領率いる本格的な民主主義政権が誕生する九〇年代後半までの一三年余りを、独房で過ごした。

投獄から五年、心身ともに疲弊し、絶望の淵にあったファンは、ふと、刑務所の片隅にそっと生きている野草たちに目をとめた。そしてそこに、自らのいのちと連なる生命の営みを見出したのだった。刑務所内で野草の研究に没頭、その薬草としての効能にも助けられて次第に心身を回復した彼は、しまいには一〇〇種以上からなる野草園をつくりあげる。

『野草手紙』は、日記さえ禁じられた政治犯に唯一許された週に一度の肉親への手紙と、そこに描き添えられた野草の絵を再録したものだ。それは、野草との交流を通じて、独自のエコロジーと平和の思想を紡いでいく著者の気の遠くなるほど緩やかな歩みの記録でもある。

ファンさんが今暮らしているのは、全羅南道《チョルラナムド》、霊光《ヨングァン》市の外れ、大清山《テチョンサン》という山の裾野だ。親が所有していた農地と山林は合わせて一六・五ヘクタール。釈放されたばかりの彼が、一台の貨物用コンテナに寝泊まりしたのもここ。彼はそこに〝生命平和村《マウル》〟というエコビレッジを建設中だ。

すでに、手作りの建物二軒と、農園、コンテナ図書館、コンポストトイレ、鶏小屋、犬小屋などからなるマウルの元型が姿を現している。ファンと仲間たちは、ここに、フリースクールを開く計画だ。それを中心に、生命と平和というテーマを学びながら共に生きる者たちのコミュニティが形成されていくだろう。

これまでぼくは韓国の様々な場所で、新しいコミュニティづくりに励む多くの人々に出会ってきた。ファンによれば、日本による植民地支配、朝鮮戦争や軍事独裁政権による統治、そして近年の急激な近代化や経済成長という歴史をたどってきた韓国には、死刑、拷問、軍事基地、原発といった現代世界を象徴する構造的暴力が凝縮している。しかし、とファンは思う。だからこそ、他の国々にも増して多くの人々が、一層切実な思いを抱いて、平和でエコロジカルな生き方を目指して動き始めているのだ、と。

ぼくが韓国から帰国した二〇一一年一〇月二六日は、ちょうどソウル市長選の投開票の日だった。その結果、当選し、新市長に就任したのは、ぼくの友人たちのほとんどが支持した人権派弁護士で市民活動家の朴元淳《パクウォンスン》氏だった。軍事政権時代には何度も投獄された経験をもつ彼は、ファンとも親しく、数カ月前にはヨングァンの生命平和村を訪ねたばかりだという。

この選挙結果は、韓国の社会に――そして世界各地に――今起こりつつある、とても大きな変化を象徴しているようにぼくには思えるのだが……。

＊＊＊

ソウルに台風が到来した日。定休日の「カフェ・スッカラ」を借りて、ファン・デグォンの話に耳を傾ける。普段は若者で賑わうホンデ地区も、この日ばかりは鳴りを潜めている。昼ごろには風と雨が次第に強まり、午後にはピークを迎えた。波乱万丈の人生を語ってもらうにはふさわしい天候ではある。

彼からの聞き書きはこれで三回目。一回目では、誕生から韓国での学生時代を経て、アメリカへと旅立つまで。二回目では、軍事独裁政権がでっち上げた「スパイ事件」の主犯として拘束され、二カ月間の拷問を経て、無期懲役囚として獄中で過ごした最初の五年の後、野草をはじめとする生きものたちとの〝出会い〟を通じて死の淵から回生するまでの話を聞いた。今回は三日かけて、一三年間の獄中生活の後半、そして釈放後、ベストセラー『野草手紙』の刊行を経て、生命平和運動を展開する現在に至る年月をふり返ってもらった。いずれこれを一冊の伝記としてまとめようとぼくは心に決めている。

通訳を志願してくれたのはライターであり、カフェ・スッカラのオーナーでもあるキム・スヒャン。スッカラを開いたのは二〇〇六年、今ではカフェが集中するホンデに、まだ数えるほどしかカフェがなかった頃のこと。オーガニックやフェアトレードをキーワードに韓国における〝スロー〟なカフェの先駆けとなった。

過熱したカフェ・ブームにはうんざりしている、とスヒャン。チェーンや外資系の進出で過当競争が起こり、地価上昇も相まって、すでに店じまいするカフェが増え始めている。その中で、カフェという場所が本来もっているはずの「共《コモンズ》」的な性質をいかに保持できるか、にスヒャンは心を砕く。

彼女が熱心に取り組んできたのが、定期的にソウルの街中に出現するローカルフードの市場兼カフェ、「マルシェ」だ。彼女はまた、ソウル市内にいくつかの市民菜園を展開するKWEN（韓国女性環境ネットワーク）のローカルフード運動にも参加、自ら農作業に参加して育てた野菜やその加工品もマルシェに出荷される。

上：ファン・デグォン
下：「カフェ・スッカラ」のキム・スヒャン

そのKWENがビルの屋上につくられた菜園で催したキャンドルナイトのイベントにぼくを招いてくれた。美しい夕陽が落ちると空には鮮やかな三日月が昇った。聞けば、この七階建てから飛びおりて自殺する者が出て以来、閉鎖されていた屋上を、市民の憩いと癒しの場として開放するよう、ビルを所有するカトリック教会を説得したのだという。このビルに隣接する高層ビルの人々がよくこの菜園を見下ろしているかと思うと、そのうちの何人かが昼休みにここを訪ねてきて、お弁当を食べるようになったそうだ。ぼくは手づくり料理をいただきながら、ファン・デグォンが刑務所の運動場の一角に勝手につくり出した野菜と野草からなる「菜園」のことを思い出していた。

聞き書きの合間にファンやスヒャンとソウルの街を歩いてはよくこんな話をしたものだ。都会がこうも息苦しい理由のひとつは雑草がないこと。野生は追放され、人工物で都会は埋め尽くされた。また、そのモノたちには商品価値を表わす目には見えない値札がつけられている。

ファンの言う「生命平和」とは、社会の「公」・「共」・「私」という三つの領域の真ん中にあるはずの「共《コモンズ》」をとり戻し、豊かに育むことによって可能になるのだろう。まずはぼくたち自身につけられた値札を取り外さなければなるまい。そして、**雑草としての自分を再発見するのだ。**

汚く生きようよ　LET'S GET DIRTY　韓国

二〇一三年秋にも全羅地方を訪ねた。韓国料理の宝庫だ。稲田が黄金色に輝いている。ゆく先々の町で、村で、本物のごちそうがぼくを迎えてくれる。

だが、実はこの地方もまた危機の只中にある。この夏の猛暑と台風の被害で農業が打撃を受け、韓国の食料自給率がさらに減少するというのだ。

一九七〇年に八〇パーセントだった韓国の食料自給率は現在、先進国中最低の二二・六パーセント。これは、一九六〇年ごろの八〇パーセントから一九九〇年代後半以降の約四〇パーセントへと落とした日本以上の急落だ。

両国は、一人当たりのフードマイレージの高さでも他の国々を引き離している。どちらも食や農を犠牲にして経済成長を追求するグローバリズムの優等生。韓国は米国とのＦＴＡに続き、中国とのＦＴＡへ。その後を追いかけるように、日本もＴＰＰへと突走っている。

行く先々で、「日本人はなぜ放射能のことをもっと心配しないのか」と訊かれた。福島の原発事故以来、放射能汚染への恐れから、魚介類の消費が半分以下に減ったと漁師たちは嘆いた。面積当たり世界最多の原発を抱える韓国。「核と食の安全とは両立しない」と農民、漁民、そして市民の多くが確信するようになっている。

今回の訪問の第一の目的は、ぼくが仲間たちと制作しているDVDシリーズ「アジアの叡智」の第三作、『ファン・デグォンのLife is Peace』を、その主人公であるファンの地元でお披露目することだった。

ファンのこと、そして全羅南道、霊光《ヨングァン》の山中にファンと仲間たちがつくっている〃生命平和村〃というエコビレッジのことはすでに紹介した。『Life is Peace』は、ファンへのインタビューを通して、彼が獄中でいかに独自の深遠なエコロジーと平和の思想を紡いでいったかを検証する映像作品だ。

生命平和村も、実りの秋を迎えていた。ここから三〇キロの海辺にはヨングァン原発がある。脱原発運動の先頭に立つファンは、「何かあれば、ここもホットスポットだよ」と笑う。

彼の周りにいつも漂う、凛と澄み渡った空気は何だろう。そのヒントは、映像の中に出てくる彼の言葉、「トロッケ・サルジャー（汚く生きよう）」にある。

野草とその中で蠢く虫たち。土とその中に生きる無数の微生物。それらが息づく低い場所へと降り立ち、それらと交じり合うことによって、彼は死の縁から甦った。一方、それらを忌避することによって、現代文明は崩壊の危機に喘ぐことになった。

英語で「汚い」を意味するdirtyは、「dirt」、つまり土という言葉から来ている。ここにも、人間がいかに、土を自らから遠のけようとしてきたかが表れている。

野草とは何か。ファンは答える。**「それは人間が自然へと回帰するための扉だ」**と。

母たちは希望をつくる　福岡県

二〇一二年秋、澄み渡る美しい日、福岡県糸島の龍国寺には三〇〇人の老若男女が集まっていた。それは毎年収穫の時期に行われる「田んぼコンサート」という名の集い。

自然農の盛んな場所として、糸島という名前は以前からよく聞いていた。3・11以来、その名をより頻繁に聞くようになった。新しい生き方を求め、実践する人たちがそこを目指して関東などから移住してくるというのだ。

ぼくと糸島との間にずっとありながら、ぼくが気づかずにいた縁が動き始めたのは二〇一一年九月、ここに自然農の礎を築いた松尾靖子が、友人たちとともに、ぼくが案内役を務めるタイとブータンへのスタディ・ツアーに参加してくれたのである。その半年後に、松尾はこの世を去った。

それからまた半年、松尾自身が中心となって毎年開かれてきた「田んぼコンサート」は、今は亡き彼女を偲ぶ集いとなったのだった。

結局、ぼくが松尾に会ったのは、タイとブータンでだけだった。そこでの彼女は終始、明るく力強いエネルギーに満ち溢れ、その目はいつも好奇心で輝いていた。重い病を患っていることは聞いていたはずだが、旅の間にそれをぼくが思い出すことは一度もなかった。ブータン第一の霊場タクツァン僧院へ向かう急な山道を、誰よりも足早に先頭をきって登ったのも彼女だった。今思えば、彼女にとってあの旅は、まるで来生へ向けて勢いよく飛んでゆくための助走だったかのようだ。

会場となった龍国寺の住職ご一家と故人とは家族同様の親しい間柄だったという。翌日、彼らとともに「松尾ほのぼの農園」を訪ねた。松尾が遺した田畑のあちこちに花が咲き乱れていた。そしてところどころに、手作りのベンチが置かれている。農場の全体はひとつの芸術作品のようだ。それを心ゆくまで鑑賞しながら、遺族の方々と共にゆっくり歩いた。

その後、龍国寺住職の夫人である甘蔗珠恵子《かんしゃたえこ》が、田園風景の只中にあるお気に入りのカフェへ案内してくれた。その名は「パウゼ（休息）」。彼女は五〇万部のベストセラー『まだ、まにあうのなら――私の書いたいちばん長い手紙』の著者だ。一九八七年、チェルノブイリ原発事故の翌年に書かれて以来、脱原発運動のバイブル的な存在となったこの小さな本が、3・11以後、再び勢いを取り戻したという。

甘蔗はこう書いていた。「すべてのことがらを、〝いのち〟の方から見ようではありませんか」と。そう言えば、松尾も言っていた。「大切なのは私たち人間がいのちの営みにどれだけ沿うことができるか、です」

姉妹のように仲良しだったというこの二人の母たちが撒いた種が、今、あちこちで花を咲かせ、実を結びつつある。秋の九州を旅しながら、ぼくはそのことを実感した。

その兆しを象徴するような写真集、『100人の母たち』（南方新社、二〇一二年）がある。3・11後、脱原発のために立ち上がった母親とその子どもたちの美しいポートレートだ。著者は写真家の亀山ののこ。彼女も他の母親たちの多くと同様、乳飲み子を抱えて九州へと避難した。そこで出会った仲間たちと「いのちの学校」という勉強会を重ね、「ママは原発いりません（通称ママげん）」を結成、写真家としての才能を活かしながら、その中心メンバーとして活躍する。

この写真集の「あとがき」で亀山は言う。

「お母さんの思いは、何より強いのです。……恐怖心にも立ち向かい、自分の足で立ち、手をつなぎ、ひろがり、声をあげ続けていく」

そこには松尾靖子や甘蔗珠恵子をはじめとする世界中の母たちの思いがこだましている。亀山は続ける。

「希望とは、太陽や風や土や水と共にあることだと思うのです。……私たちは希望がなければ生きていけない。**希望は、自分たちで作り出す**」

追記：その後も続く「100人の母たち」のムーブメントは、二〇一六年、『9　憲法9条』（南方新社）として結実した。

生きとし生けるもののために祈る　ブータン

雨季が明けたばかりのブータンをゼミ生たちと回った。今回のスタディ・ツアーのテーマの一つは農業。特に、前回の訪問の際に会見したジグメ・ティンレー首相から聞いたブータン農業のオーガニック化という政策の現状を見てみたかった。

プナカ県のモ・チュ（「女川」の意）の川辺で、一晩キャンプする。キャンプファイアーに、県知事のクンザン・ツェリンが来て話をしてくれた。一〇年ほど前から実験的に農薬や化学肥料を追放し始め、オーガニック化を達成した隣のガサ県にできたことが、もっと温暖な気候に恵まれたプナカ県で実現できないはずはない。**日々、「生きとし生けるもの」のために祈る我々仏教徒にとって、無農薬こそが本来の生き方なのだ、**と。

生きとし生けるもののために祈る……。なるほど、オーガニックとは、その祈りのことなのだ。思えば、ぼくたちの言う〝平和〟や〝民主主義〟とは、人間社会という枠の中に閉じ込められてきた。それを超えるアース・デモクラシー（地球民主主義）の思想は、実は、伝統社会の中に息づいていた。それをぼくたちは学び直さなければいけない。

モ・チュのさらに上流にあるイェビサ村では、二晩民家に分宿した。棚田の瑞々しい緑と、それを取り巻く森の深緑の鮮やかさに心を洗われる。

ゲロンおじさんに昔話をきいた。昔といっても、六〇歳に満たない彼が子どもだった数十年前のことなのだが、ぼくたちには太古の響きをもつ。

弓、歌、踊り、酒、恋愛といった遊びを優先して、必要最低限しか働かない村人たちのこと。〝夜這い〟に象徴される奔放な性。お金にほとんど縁のない自給自足の暮らし。夢も目標もなく、だから不安もない平穏な日々。

だがその村にも近代化とグローバル化の波は押し寄せてきた。みごとな棚田の中の電柱や電線が、〝ピュア〟な田園風景を望む訪問者をがっかりさせる。村には、一日中テレビばかり見ている不登校児もいる。

政府は全国全家庭の電化という公約の実現に向けて進んでいる。実は、水力発電による豊富な電力こそがブータンの最大の輸出品目なのだ。現在、西部ブータンで大規模発電所の建設が進み、さらに東部でもいくつかが計画されている。

野菜やトウガラシを有機栽培するゲロンおじさんだが、稲作には、作付面積の半分で除草剤を使用している。この村では、政府の政策について知っている者もいない者も、完全無農薬ではやっていけない、と考えているようだ。政府も有機農業への転換を推奨する一方で、農家の要望に応じて農薬や化学肥料の配布を続けている。

ワンデュ・ポダン県にあるブータン王立大学自然資源学部のキャンパスに、「持続可能な農業」の研究者たちを訪ねた。隣のインドが辿った道をつぶさに見てきた彼らにはよくわかっているのだ。世界中で、農と食という人類の生存の基盤が、市場競争の中に、そしてさらにグローバル化の渦中に投げ込まれてきたこと。その結果、地域の自給的な農は淘汰されて姿を消し、農山村人口の多くが都会へ流れた。田畑は大量のエネルギーを投入して単一の換金作物を生産する工場と化した……。

そんな世界的な危機の時代のただ中で、ブータンという小国もまた揺れている。GNH（国民総幸福）を掲げ、従来の経済成長路線とは異なる「幸せの経済学」を標榜する社会は、同時に、他国と同様、開発の波にもまれて急速に変貌する社会でもある。

帰国を二日後に控えた日、標高三〇〇〇メートルの断崖の上に立つブータン第一の霊場、タクツァン僧院に登る。周囲には無数のルンタという五色の祈祷旗が風になびいている。経文を刷り込んだ旗が揺れる度に功徳が積まれるという。ゼミ生たちが用意してきていたルンタの余白に願いごとを書きいれる。誘われるままに、ぼくも「農薬も原発もない世界を」と記した。

今日も、僧院を眼前に望む崖の上に括りつけたあのルンタは勢いよくはためいていることだろう。

究極のスローフード・ムーブメント　山形県

庄内地方に着くと、三月には珍しいという〝地吹雪〟の真白いトンネルをくぐり、まずは、大好きな湯田川温泉の宿へ。友人たちと酒を酌み交わした。ひとりは十数年来の友人で、カヌーイストにして環境活動家の草島進一。阪神大震災でのボランティア活動を経て、草の根政治家に転身、鶴岡市議や山形県議を務めた。

もうひとりは、渡辺智史《さとし》。一九八一年生まれのこの若き映画監督は、自分の地元、庄内を舞台とするドキュメンタリー『よみがえりのレシピ』を通じて、グローバル化の時代における地域《ローカル》の意義や役割を問い直してきた。

映画のテーマは、この地域に伝わる在来作物。農業が近代化され、市場経済の中に巻き込まれるに従って、かつて豊かな多様性を誇っていた地域固有の作物たちは、急速に忘れ去られていった。それを、ひとつひとつ再発見し、よみがえらせ、守り伝えていこうとする地元のレストランのシェフ、農学者、農民たち、加工業者たちがこの映画の主人公だ。

シェフの名は奥田政行。今では日本全国、いや世界のあちこちで人気の料理人だ。農学者の名は江頭宏昌。育種学を専門とする山形大学の研究者だ。奥田は二〇〇〇年、鶴岡にレストラン「アル・ケッチャーノ」を開店。その客となった江頭はちょうど在来作物の研究にとりかかっていた。ある時、江頭に奥田が言う。シェフの務めとは、地元の食材の良さを多くの人に知ってもらい、地元の農家を支え、応援することだ、と。庄内弁で「あったんだ」を意味する「アル・ケッチャーノ」という店名には、「自分の足元にこんなおいしいものがあったんだ」という奥田の思いが込められていた。江頭はこの思いに共感、間もなく在来作物の復活に向けた二人三脚が始まる。

この二人をぼくに引き合わせてくれたのが草島だ。かつて豊かな地下水とそのおいしさで知られた鶴岡では、当時、ダム建設が進行中だった。水道を正当化するためか、せっかくの井戸を埋め戻す工事が並行して進められていた。全国で進行していた無駄で有害な公共工事の一例

草島進一

だ。これに対抗するための市民運動「おいしい水ファンクラブ」の仲間として、草島が紹介してくれたのが奥田だった。その頃の「アル・ケッチャーノ」の店先では、食材の野菜たちが、井戸からこんこんと湧き出る水を気持ちよさそうに浴びていたものだ。「食の基本は水だ」という奥田の言葉が今も心に残っている。

その頃ぼくたちは、一緒に農家を訪ねて食材を集めて歩く「究極のスローフード・ツアー」の話で盛り上がった。結局それは日の目を見なかったが、今思えば、この幻のツアーを映画によって実現してくれたのが、『よみがえりのレシピ』だったのだ。

江頭が代表を務める「山形在来作物研究会」の会員は四二〇人、見つけ出した山形の在来作物は一七九、これに関わる農家は百数十。地元鶴岡の「まちなかキネマ」でのプレミア上映で、『よみがえりのレシピ』は記録的な観客動員を達成。その後も全国各地で上映され、〝グローバルからローカル〟へという道筋を志向する人々に感動と励ましを与えてきた。

庄内の旅の締めくくりは秋田との県境の町、遊佐《ゆざ》。直売所のカウンターで在来作物を使った名物〝遊佐カレー〟を食べた。江頭の勧めだけあって、味は一級だ。

鳥海山《ちょうかいさん》を一望するカフェで、「そもそも、なんで今の活動を?」というぼくの問に、江頭はこう答えてくれた。

「世界には、お金では買えないもの、失くしてはならない大切なものがあるはず。在来作物の種はそ

のひとつのシンボルなんです」

注：山形在来作物研究会に関わる数字は二〇一六年六月現在。

偉大な森の〝ナマケモノ〟　オーストラリア

オーストラリア、タスマニア島。世界に残された数少ない原生温帯雨林の中にいつかこの身を置いてみたいとずっと思っていた。

旅のひとつの目的は、その森の中で、ぼくが尊敬するナマケモノに会うことだった。いや、ナマケモノといっても中南米の森に住む動物のことではなく、タスマニアの森の大木に一五カ月間住んで〝ナマケモノ〟になった人間のこと。その名はミランダ・ギブソン。

二〇一一年一二月、ミランダは南部タスマニアの森にあるユーカリの木の六〇メートルの高みに、仲間たちとデッキにつくり、そのままそこに独り住んだ。スティックス（三途の川の意）・ヴァレーと呼ばれるその地域は、背骨のように南北に伸びる森の回廊の「結び目」のような場所だ。そこでは、世界遺産の価値をもっと国際的に評価される原生林の伐採がいまだに続いている。ミランダの行動は、それを阻止するための最後の手段だった。

樹上生活一周年に、ぼくは彼女にこんなメッセージを送っていた。

「ミランダへの敬意と愛を込めて。彼女が勇気をもって切り開いているアース・デモクラシーに、ぼくも心からの賛同と共感の一票を投じる」

そこには、日本でその頃行われていた衆議院選挙へのぼくの意気込みが投影されている。ただし、ぼくがアース・デモクラシー（地球民主主義）と言っていることに注意してほしい。民主主義の名の下に行われるぼくたちの社会の選挙では、投票権をもっているのは、現在生きている二〇歳以上の人間だけ。それ以外の生きもの——未来の世界に生きる人間を含む——は除外されている。一体それで、本当に地球のこれからのあり方を決定できるのだろうか。**生態系というコミュニティ全体にとってよいことをするのが、本当のデモクラシーというものではないか。結局のところ、その生態系の健全さに、人間の未来はかかっているのだから。**ミランダの行動は、まさにそのアース・デモクラシーの実践だったのである。

近くで起こった不審な火事のせいで止むなく十五カ月にわたる樹上生活を中断して、地上に降り立ったばかりのミランダと共に、ぼくは荘厳な原生林の中を歩き、一〇〇メートル近いユーカリの大木を見上げた。闘士ミランダは、あくまでも謙虚で優しかった。それは、彼女が森の一部となった証だと、ぼくには思えた。

ミランダ・ギブソン（右）と著者

「下に降りてきて気分はどう？」と問うぼくに、彼女は、静かで穏やかな声で「樹上の暮らしが恋しい」と言って、はにかむように微笑んだ。木の上で寂しいと思ったことは一度もない。なぜなら、たくさんの鳥や小動物と一緒に暮らしていたから。もうひとつ、下界が、樹上のそれと比べてあまりにもファストで暴力的なのにショックを受けている、と彼女は漏らした。〝森の人〟の言葉のひとつひとつが、人間と自然との乖離を浮き立たせる。

長年にわたるタスマニアの闘いは、世界の環境運動の模範となった。だが、未だに、伐採を止めることができない。ウッドチップ輸出のための地元ガンズ社による伐採は、今ではマレーシアのタ・アン社によるフローリング材などのためのそれへと様変わりした。しかし、原生林の破壊が続いていることにも、顧客のほとんどが日本の商社や大手住宅メーカーであることにも変わりはない。

それでも、ミランダは日本人を責めようとしない。「日本の皆さんと一緒にこの偉大な森を守っていきたい」とだけ、祈るように言った。

タスマニアの森は、これまで世界の多くの人々の人生を変えてきた。ぼくの内にも、確かに何か重大なことが起こった。

奥地の村にコットンが蘇る　ブータン

首都のティンプーから車で四日間、そこからさらに丸一日歩いて最後の峠を越え、東部ブータン奥地の村チモンを訪ねたのは二〇〇九年のこと。それは、わが友ペマ・ギャルポの出身地だ。ぼくとは前世の兄弟同士だと、彼は考えている。とすればぼくにとってチモンの人々はみな親戚縁者だ。

そこで受けた大歓迎ともてなしにぼくは衝撃を受けた。あの村人たちの底抜けの明るさと優しさと人の良さが、ぼくの人生観を変えてしまった。

そのチモンに電気と道路がいよいよ到達する日が迫っていた。村人と同様、その日を楽しみにしながらも、同時にペマは悩んでいた。

道路と電気を皮切りに、開発の波がこの奥地に及べば、村は外界への依存を強め、大昔から続く伝統文化と自給自足の暮らしは失われてしまうのではないか。そして人々は誇りを失い、若者たちは職を求めて去る……。

そう、それこそがまさに世界中の村々で起こってきたことなのだった。GNP（国民総生産）のかわりにGNH（国民総幸福）を目標として掲げるこのブータンで、開発が山村の不幸ではなく、さらなる幸福へと通じるような発展の道筋はないものか？

ペマとぼくはこう考えた。村の衣食住のうち、最大の問題は衣だ。東部ブータンではいまだ織物が盛んだが、糸は海外産に頼っている。綿糸の輸入先であるインドで栽培されているコットンの九五パーセントが遺伝子組み換えだとは、二〇二〇年までに全土オーガニック化することを目標としているブータンにとって、なんという皮肉だろう。

早速、チモンで三五年ぶりとなる在来コットン復活プロジェクトが始まった。幸い、近隣の村で細々と自家用の栽培を続ける人から種を借りることができた。耕作放棄地を開墾し、火入れをし、種を蒔く。若い頃に豊富な経験を積んだペマの父親が指導。もちろん、すべて伝統的な有機農法だ。

種蒔きが遅くなったせいで、収穫は真冬にずれこんだが、期待以上の出来だった。今度は女性たちが綿を糸に紡ぎ、草木染めをし、布地に織りあげる。まずは男性の伝統服ゴが仕立てられ、今春、首都ティンプーで話題になった。

さらにサンプルの布の一部は、タイを拠点に活躍するデザイナーで、手紡ぎ、手織り、天然染めの布による服づくりで知られる、さとううさぶろうの手で、四着の優美な婦人服へと姿を変えた。

そのうさぶろうは著書でこう語っている。効率ばかりを追いかけると、「モノのほんとうの力」は出せないが、「生きる喜びのなかで育った自然のままの素材を心をこめて楽しみながら創造すると」、「いのちのかたまり」のような服ができる、と。

そもそも、自然の一部である私たち人間自身が「いのちのかたまり」なのだから、と。

チモン村では、毎年、少しずつコットン栽培の面積を広げ、糸や布のつくり手も着実に増えている。その成り行きに政府も他の村々も注目し始めている。

コットン文化の復活をきっかけに、遠くて小さな村々が本来もっている大きな力が再発見されることを願う。

生きものの自由が人類の希望

北海道・インド

環境問題に関心のある人なら、牛が現代世界の「大問題」であることを知っているだろう。牧場につきものの森林伐採と環境汚染、水やエネルギーの大量消費、穀物の飼料化による食糧難、過剰な肉食による健康被害……。薬漬けの牛の乳が健康に与える影響についても議論が絶えない。

しかし、考えればすぐわかるように、牛がもともと問題だったわけではない。牛を短期間のうちに「大問題」にしてしまったのは人間なのだ。産業や経済のあり方にこそ本当の問題があると捉え、あるべき人間と牛との関係を取り戻そうとする人々がいる。

北海道十勝の「想いやりファーム」を訪ねたことがある。たまたま飲んだ牛乳のうまさに感動、それがこの牧場のものだと知ったのがきっかけだった。ここで生まれる「想いやり生乳」とは、加熱殺菌を一切する必要もなく、搾ったそのままをビンにつめた母乳そのもの。完全な生乳の商品化を実現した日本で唯一の、そして世界でも珍しい例だ。

代表の長谷川竹彦はぼくにこう説明してくれた。そもそも、一般に流通している牛乳が様々な問題を引き起こすのは、牛たちが本来の牛とは似て非なる「ミルク大量製造マシン」へと改造されてしまったからなのだ。

そもそも、食料は単なる「モノ」なのではない。食べものとはいのちなのだ。この原点に立ち戻った長谷川は、いのちあるものとしての牛を相手にする本来の酪農を蘇らせようと心に決めた。

例えば、想いやりファームでは、牛を追い立てない。牛たちが人間に寄ってくるから、牛追いをしようとしてもできないという。牛たちは自分のペースで搾乳室へ入っていき、搾乳中は目をつむって反芻する。

長谷川は言う。「それぞれの個性に合わせて接し方を変えています。一頭一頭が個性と感性を持った大切ないのちです」

ぼくが仲間たちと制作しているＤＶＤシリーズ「アジアの叡智」の四作目『いのちの種を抱きしめて』の主人公はインドのヴァンダナ・シヴァ。有機農業や種子保存を提唱し、農薬や遺伝子組み換えに反対する国際運動の指導者だ。インド北部デラドゥーンに自ら創設したナヴダーニャ農場は、持続可能な農業のモデルであり、世界中から若者たちが新しい生き方を学ぶために集まる学校でもある（www.navdanya.org）。

映像の中に、この農場を訪ねたぼくが「あなたにとって牛とは何？」とヴァンダナに尋ねる

ヴァンダナ・シヴァ

シーンがある。彼女はこう答える。

「インドの世界観によれば牛は宇宙そのもの。だって、人間が必要なもののほとんどを与えてくれるから」

まず牛糞。それさえあれば、大地は肥沃であり続け、藁と混ぜて乾燥させれば燃料になる。浄化作用や防腐性があるので、石鹸にも壁材としても使われてきた。尿も万能肥料。もちろん、牛は貴重な労働力でもある。そしておまけに栄養たっぷりのミルク……。

「この美しい生きものさえいてくれれば、石油は不要。すべての環境問題の答えがここにある。これこそが本物のフリー（お金のいらない）エコノミー、そして本当の豊かさというものよ」

インドで牛が神聖視されてきたのは、迷信などではなく、深遠なエコロジー思想だったのだ。

＊＊＊

ヴァンダナは、〝種の自由〟を守る国際運動のリーダーでもある。

種の自由とは何か。『いのちの種を抱きしめて』で、彼女はぼくにこう話してくれた。

「あなたが蒔いた穀物の種が千粒の種を与えてくれる。その千粒の半分を食べ、一部を保存し、交換し……。暮らしはそうやって続いていく」

この自由によって人類は、一万年に及ぶ農耕史を生きてきたのだ。

それればかりではない。種子はヒンドゥー語で「ビジャ」、生命の源という意味だ。**小さな一粒の種の中に生命のすべての可能性が詰まっている。**種の自由とは、だから、生物が世代を超えて生き続ける自由。

この二重の意味での根源的な自由が、しかし今、崖っぷちに立たされている。

ヴァンダナはこんなふうに説明してくれた。戦時中に化学兵器を生産していた企業は、第二次世界大戦後、化学肥料や農薬で巨大化、さらに、種子ビジネスへと進出する。そして九〇年代には、知的所有権によって種子を所有する新商売を思いついた。そのために考案されたのが遺伝子組み換え（GM）だ。

遺伝子組み換えとは、ある生物から、人間に〝役立つ〟遺伝子を取り出し、別の生物に導入する技術のこと。この技術でつくられたのがGM作物。トウモロコシ、アブラナ（カノーラ）、大豆、コットンを筆頭に様々なGM作物の栽培が世界各地で進み、その最先進国であるアメリカではすでにトウモロコシと大豆の九割以上がGMといわれる。

GMをめぐる問題は多岐にわたる。GM作物を食べる動物や人間への健康被害。生物多様性の縮減。GM種子の拡散と生態系の遺伝学的混乱……。倫理的、宗教的な反対論も多い。

現在秘密裏に交渉が進められているTPPでも、GM企業は主要なプレイヤーとして、知的所有権の拡張による種子市場の独占を画策している。すでにコットンの九五パーセントがGMとなったインドでは、栽培のコストとリスクが増大、農家は多大な負債を抱え込んだ。綿花の大生産地帯で二七万人の農民が自殺に追い込まれたのはその結果だ、とヴァンダナは憤る。

自問してみよう。そもそも生物の特許などが許されていいものか。種子は水や空気と同様、人間の生存のための基本条件だ。それを独占するのは独裁ではないのか、と。五つのグローバル企業の奴隷にならぬよう、ぼくたちもまた〝自由の種〟の守り人となるべき時が来ているようだ。

ナヴダーニャ農場にあるのと同様の種子バンクが世界中で増えている。種子を守り、生態系の多様性と地域住民の暮らしを守ろうというのだ。ドイツでも連邦議会が生物特許禁止法を可決している。

種の自由こそが人類の希望だ。それを守る希望は、まだある。

世界一豊かな森を守る男

エクアドル

ワダアヤはエクアドルのコタカチ郡に住む環境運動家。先住民キチュアの夫とともに有機農業を営みながら、同じ郡内のインタグ地域で進む鉱山開発への反対運動に参画してきた。ぼくとは、一九九九年、共にＮＧＯナマケモノ倶楽部を設立した仲間だ。その彼女から長文のメールが届いた。

それは、もう半年以上も、法的な根拠なしに留置所に拘禁され続けているハビエル・ラミレスとの面会が実現したという嬉しいニュースだった。彼は、インタグのフニン村の村長、開発反対運動の象徴的存在だ。ナマケモノ倶楽部の長年の友人で、オーガニックコーヒーのフェアトレードやエコツーリズムをともに進める仲間でもある。

アヤは言う。

「久しぶりに会ったハビエルは、思っていたよりも元気そうでした。彼は、〝ヨ・ソイ・イン

ハビエル・ラミレス

タグ（私はインタグ）〟というTシャツを着ていました」

インタグに広がる森は世界有数の豊かな生態系と生物多様性を誇る。だから、Tシャツの言葉は**「私は森」**というメッセージでもある。

その森に寄り添って生きてきた人々に、鉱山開発計画が突きつけられたのはもう二〇年以上前のこと。以来、採掘予定地の中心に位置するフニン村を先頭に、インタグの住民たちは結束して、飴と鞭を駆使する政府とグローバル大企業の攻勢をはねのけてきた。**「きれいな水や森や大地を子どもたちに残したい」**という現地の人々の思いにこたえて、国際的な支援の輪も広がった。

ここ数年、政府の強権ぶりはエスカレートし、二〇一四年春、ついに、ハビエル村長を逮捕拘禁、武装警察隊を伴った国営鉱山開発公社がフニンに進駐した。

世界のあちこちから非難の声があがった。ぼくたちナマケモノ倶楽部もエクアドル政府とコレア大統領への抗議声明を発する一方、栄えある「スロー大賞」をハビエルに贈ることにした（実を言うと、前回がいつだったか覚えていないくらい久しぶりなのだが……）。

賞状にはこうある。「……貴重な森を守るべく、貴方やフニン村をはじめとする地域住民たちが示してきた毅然たる態度は、自治と民主主義、非暴力平和とエコロジーを基盤とする未来へと向かう、世界中の多くの人々を鼓舞してきました。貴方たちのビジョンと活動は、すでに世界に先駆けて新しいエコロジカルな文明へと歩み出したエクアドルのみならず、私たちの住む日本を含む世界全体にとっての道標に違いありません……」

このスロー大賞という名のささやかな賞を届けるために、アヤは獄中のハビエルを訪ねたのだった。

ハビエルはアヤに心中を吐露した。彼の村にも開発受け入れへと転じる者が増え、家族の中にも動揺が広がっていることを案じていると彼は言った。しかしその一方で、**何よりも大切な家族や村の人々のためだからこそ、自分は闘い続けるのだ**、とも。

別れ際のハビエルの一言にアヤは胸を打たれた。「早く出て、ちゃんと闘えるようになりたい」

追記：その後も鉱山開発は着々と進められ、住民による反対運動への弾圧も熾烈になっている。ナマケモノ倶楽部は、鉱山開発反対運動支援のためのキャンペーンを展開中。詳しくは http://www.sloth.gr.jp/ecua/JUNINantiminingstruggle を参照。

あの青い点こそ、わが故郷

カナダ

二〇一四年の夏の終わり、友人であり、師でもあるカナダの科学者・環境運動家デヴィッド・スズキからメールが来た。

「竜巻に巻き込まれる前に、メールしておこうと思って……」。彼が〝竜巻〟と言うのは、彼を中心に展開されようとしている一大キャンペーンのこと。その名は〝Blue Dot Tour〟、七週間にわたるカナダ横断ツアーだ。

Blue Dot（青い点）とは何か？　デヴィッドがメールに添付したのは、天文学者カール・セーガン（一九三四〜一九九六）の有名な文章だった。

「もう一度あの点を見てみよう。あれがここ。あれが我が家、あれが私たち自身なのだ。その上にあなたが愛するすべての人がいる。あなたが知っている、聞いたことのあるすべての人たちが生きている。いや、かつて存在した人間すべてがそこに暮らしてきたのだ。……そう、光の帯の中に宙づりになった、あのシミのような点の上に」

「あの点」とは、一九九〇年、太陽系を離れつつあった人工衛星ボイジャー一号から撮られた写真にかすかに映っていた地球のこと。セーガン自身が撮影を提案したと言われるこの写真こそ、人類が見たことのある最も遠方からの地球の姿だ。

「この青白い一点が、人間の傲慢、うぬぼれ、自分こそこの宇宙の特権的な存在だという妄想の愚かさを、私たちに突きつけている」とセーガンは言った。

地球は、現在までに知られている生命を育む唯一の星。近い将来、人類が移住できるような場所は他に存在しない。とすれば……。

「この写真は私たちの責任を表現しているように思えるのだ。**もっと互いを慈しみ合い、私たちの知る限りただ一つの住処であるこの青白い点を守り、大切にする責任を**」

唯一の住処を自ら破壊することのバカバカしさを思ってほしいと、デヴィッドは今度のツアーを〝ブルー・ドット〟と名づけた。それは、カナダにもアメリカにもまだない「環境権」を確立するための市民運動だ。ウェブサイト（www.bluedot.ca）を見てみよう。

天空から見た青い地球が音もなく回っている。そこへデヴィッドの声が響く。〝This is it. Our home!〟その短かい、突き放すような言い方がかえって清々しい。

彼は訴える。世界中で、経済成長の名の下に、人々の暮らしの基盤である自然環境が犠牲にされてきた。しかし、**汚染されていない安全な空気と水と土と食物からなる健全な自然環境は基本的人権なのだ。**まずこれを町の条例として、州の法律として、さらに国の憲法として保障することによって、経済による独裁に歯止めをかけ、いのちを最優先にする社会をつくり出すのだ。今がその時だ、と。

再生可能エネルギーで動くバスの移動に合わせて、各地で行進や集会が、自治体政府への働きかけが行われる。すでに、多くの政治家が賛同を寄せ、各界の著名人がツアー参加を表明している。

一九三六年生まれのデヴィッドはぼくに、このツアーが自分にとって最後の〝闘い〟になるだろうと言った。

生と死のエコロジー

人はかつて樹だった

去年亡くなった長田弘は植物と語らう詩人だった。「草が語ったこと」（詩集『人はかつて樹だった』より）という詩にはこうある。

タンポポが囁いた。ひとは、
何もしないでいることができない。
キンポウゲは嘆いた。ひとは、
何も壊さずにいることができない。

本当にそうだ。人間の一人として身につまされる。
とはいえ、植物だって何もしないでいるわけではない。ただ、人間のように、何かを「すること」に囚われたり、とり憑かれたりしないだけだ。ただそこに「いること」に耐えられない、などということは、たぶん植物にはない。

人間は自分を筆頭とする動物の方が、植物よりも進化した高位の生きものだと思い込んできた。この優越感を支えてきた植物への〝偏見〟の一つが、「固着性」。植物は動物のように動き回れないから下等、というわけだ。

こんな見方が進化論からやってきたと思ったら、大間違い。チャールズ・ダーウィンは自伝に「植物はこれまで出会ったなかで最も驚くべき生物だ」という言葉を遺しているのだから。今では、五億年くらい前に、生物が異なる二つの生き方を選びとったのではないか、と考えられている。その分化の先にあるのが現在の植物と動物だ。一方の植物は言わば〝定住民〟のスタイル、動物は〝遊牧民〟のスタイル。植物は「独立栄養生物」として光合成を軸とする自給自足を行う。動物は「従属栄養生物」として、自給せず、移動性、攻撃性、速さなどを身につける。それと比べれば、植物は一見、動けず、受動的で、無防備だ。

でも、見方によっては、あちこち餌を探してあくせく動き回り、年中追いかけっこをしている動物に比べて、植物は一所にいながらにして、悠々と生きている。

すでに見た（六九頁「引き算のパワー」）ように、植物はただ無防備なのではなく、捕食者に対する対抗手段として、モジュール構造——つまり、分割可能、とり換え可能——の体を発達させた。動物のように、脳、肺、胃など少数の器官に最も重要な生命機能のほとんど全てを集中させずに、言わばリスクを分散した。

言い換えれば、動物が専用の器官に機能を集中させてきたのと対照的に、専用器官なしに体全体で呼吸し、栄養摂取し、感覚し、思考する方向へと進化してきたのだ。

植物が「動かない」というのも錯覚にすぎない。そもそも「速い」「遅い」という尺度は、絶対的なものではない。植物の場合には人間の基準ではわからないほどゆっくりしたペースで事態が進んでいるだけのことだ。

『スロー・イズ・ビューティフル』という本でぼくが、生きものにはそれぞれにふさわしい「遅さ」がある、と言ったのは二〇〇一年。植物はまちがって自分らしいペースを失ったりしない。しかし、人間はどうだろう。「速いもの勝ち」を合言葉に、より速くあることを競い合って、今ではもう、自分らしいペースというものをすっかり見失ってしまった。

長田の「空と土のあいだで」（詩集『人はかつて樹だった』より）という詩の中で、白い雲が黒い樹にこう問う。

なぜそこにじっとしている？

なぜ自由に旅しようとしない？

黒い樹は答える。

三百年、わたしはここに立っている。
そうやって、わたしは時間を旅してきた。

詩は次の一節で終わる。

自由とは、どこかに立ち去ることではない。
考えぶかくここに生きることが、自由だ。
樹のように、空と土のあいだで。

「樹が語ること」という文章で、長田はこう嘆いていた。「人間というものはいかに人間のもつ時間でしか物事を考えようとしないか、してこなかったか…」

それに比べて、「樹はあくまでも共に生きている存在」だと彼は思う。「季節と共に、気候と共に、風景と共に、街と共に、時と共に在るのが樹」だ。その樹木が、人に「共に在るという根源的な感覚」を呼び覚ましてくれる、と。

街にたたずまう大きな樹が、見上げて樹の下に立ちつくす一人に思いださせるのは、そうしたこの世における、人の在り方の、原初の記憶です。人はかつて樹だった。

(『なつかしい時間』)

スロー・デス――誰にもせかされぬ死

「すること」と「いること」という二つの視点から世界を見る。するとその延長上に、やがて「死」が見えてくる。

去年の夏は戦後七〇年、そして今年で東日本大震災から五年。ここ数年、ぼくは友人たちとともに、「スロー・デス・カフェ」というちょっと不気味な名前の集まりを不定期に開いてきた。死に向き合う時間を共に過ごそう、というわけだ。

ホスピスケアのある診療所を経営し、多くの死を看取ってきた医師の徳永進は、現代世界の死をめぐる文化的な〝貧しさ〟に警鐘を鳴らしてきた。彼によると、毎年、一〇〇万人以上の人が死を迎える日本では、死は、「最も日常的でありふれたこととして皆の目の前にある」はずなのに、なぜか死は皆の目から遠い。

近いのに遠い死。それはまた生そのものが近くて遠いものとなってしまったことをも示しているのではないか。

昨年、漫画家の水木しげるが亡くなった。ゼミ恒例のハロウィン・パーティで、ぼくはネズミ男に扮したばかりだったが、それも何かの縁だったのかもしれない。ぼくの机の前には、風呂に浸かっている目玉のオヤジの絵と、それに添えられた「なまけ者になりなさい」の文字。彼の飄々とした態度に、そしてその背後にある彼の死生観に影響を受けてきた、と今にして思う。

水木しげるの死生観は戦争末期の激戦地ラバウルでの凄惨な経験なしに語れない。敵に追われながら、死にものぐるいで走った時のこと。「オリンピックのマラソンだったら、世界新記録だったかもしれないと今でも思う」

「死にたくない。頭にあるのはこの一念だけだった」。回想しながら、その時の自分の「生への執着」がいかにすさまじかったかに水木は驚くのだ。

一転して、戦争終結後のラバウルは天国だった。現地人の集落に入り浸る。生活に必要なもの以外作らず、取らない彼らは、一日に三時間くらいのんびりと働けば十分なのだという。あとは好きなことをしてぶらぶら過ごす。

夕闇が迫ると、目に見えない、この世のものではないものたちの時間になる。…漆黒の闇の中で、美しい星々を見ていると、私が九死に一生を得たのは、大自然にいる、何か大きいものに守られたからだと思った。

（『水木サンの幸福論』）

水木はこの時、「生きている」ことの真相にやっと触れたのだ。そしてそれは同時に、つい先日までそこから必死に逃げ続けていたはずの「死」をも受け入れる瞬間だった。

人は大地に生まれ、大地に還っていく。金もうけや出世にあくせくせず、山や川、草木に抱かれて、小動物や虫たちとも一緒に暮らし、土地に還るのもいい…

徳永によると、近年、死を敵視し、死にNOと言い続け、逆に、「生」を絶対的な善と見なすかのような風潮が強まっている。医療の場にも、「生かす」ことと「生かしてもらう」ことへの欲求ばかりがどんどん高まって、歯止めがきかなくなりつつある。

不思議なことだ。誰もが、人間ばかりでなくすべての生きものが、死ぬ。この当たりまえの事実からすれば、死それ自体が悪いものであるはずはないのに。**どこかで、死を受け入れ、死に「いいよ」を言う機会が必要なのではないか。**

また、何もかもが画一化され、人々が交換可能のコンピューター部品のように扱われる、囚人や捕虜のように番号をつけられる時代に、死もまた画一化されつつある、と徳永。その結果、人は「生に対しても死に対しても手ごたえを失っている」。

そんな今、求められるのは、個性ある生と死を育む豊かな文化だ、と彼は思う。死をも、生をも、閉じ込めてしまった暗い箱の中に「小さな光、小さな風を届けること」を臨床から考えていきたい、と。

なぜそんなことを考えるのかというと、ぼくらの生命というものが奇跡の現象であるし、多くの死に支えられた存在だとつくづく思うからだ。ぼくの命はぼくのものとは言えない。その命を一つあずかっているのなら、その命には独自の旅を与えたい。死はその軌跡の終点だろう。

(『死の文化を豊かに』)

徳永の本には、彼と親しい詩人、谷川俊太郎の詩が引かれている。

誰にもせかされずに私は死にたい
そよかぜが窓から草木の香りを運んでくる
大気がなんでもない日々の物音を包んでいる　出来たらそんな場所で

（「誰にもせかされずに」）

人は死ぬからえらい

生をただ長らえることだけをよしとする風潮の一方に、個々人の生を疎んじる風潮があって、それらは表裏一体なのだ。どちらも、徳永進の言うように、死を暗い箱の中に閉じ込めてきた結果だと思う。

再び、長田弘。彼は「死者と語らう」という文章の中でこう言っていた。

いま、ここにいない人と語らうことの必要を思いださせてくれる、そういう存在。死者というのは、そういう存在です。

（『なつかしい時間』）

死者はここに「いない」のだが、同時に「いる」。自分が死者の存在を支えているのだが、同時に、死者が自分の存在を支えているのでもある。そして、**死者こそが、生の意味を教えているのだ。**

いまは、死者に聞くべきときです。どんなに平凡なことであっても本当は特別なことなんだということを、死んだ人たち、いまはいない人たちは、よくよく知っている人たちだからです。そして、そのことを、生きている者ほど失念している者はいないからです。

そして、東日本大震災とその後の日々を通じて、今更ながら次のことを思い知らされた、と長田は言う。

何でもない一日が、平凡過ぎて退屈なだけの一日どころか、本当はとんでもなく大切な一日であり、ありふれた奇跡と言っていいような、かけがえのない一日であるということ。
（「一日を見つめる」）

三七年前に長田の詩を初めてぼくに手渡してくれたのは鶴見俊輔だった。それは、カナダのモントリオールにある大学で、彼の授業を受けていた時のこと。その恩師も長田の死から間もなく逝ってしまった。
死の前年に編まれた『鶴見俊輔全詩集』にこんな詩がある。

人は
死ぬからえらい
どの人も
死ぬからえらい。

わたしは
生きているので
これまでに
死んだ人たちを
たたえる。

（「無題歌」）

「敗北力」という鶴見の言葉を思い出す。生まれてきたものは必ず死ぬ。だから、人生とは「それ自身が敗北」なのだ。この事実を受けとめずに、自分の人生を、上へと上昇し続ける成功物語として描こうとするから、さまざま問題を引き起こすことになる。

同じように、「進歩」を信仰する社会の行く末は悲惨だ。「敗北力」とは、負けた時に、じゃあ、次は勝てるようになろう、とすることではない。そうではなく、「勝ちも負けもしないようなところ」へと出ていくことで、**「勝ち負け」そのものを超えること**だと、鶴見は考えたのだ。

勝ちも負けもない世界、それが自然界だ。第二次世界大戦後の日本に、唐の詩人、杜甫の「国破れて山河あり」が重なる。戦乱によって、かつて強権を誇った国が滅びる一方で、大自然はもとのままのみずみずしい姿で生きている。

次の言葉から、鶴見の内なるエコロジカルな世界観が窺える。

痩せた土地に種が落ちて、それでもなんとか生き延びて、人の見えないところで、いつかゆっくり樹木になっていく。それが敗北の力なんです。

(『広告批評』一九九八年一月号)

Ⅲ

前頁写真：モロッコの砂漠にて

「アウトドア」という価値

サハラ砂漠でキツネに会う　モロッコ

サハラ砂漠にいよいよ足を踏み入れる。待望の一瞬だ。

出発予定時間を過ぎている。ホテルの裏にぼくたちが乗るラクダが三頭待っている。でも、まだいろいろな準備が足りないというのか、ガイドがのんびりと行き来している。

ぼくの心が波立っているのを感じた同行の友人がぼくを諭してくれる。モロッコでは「一呼吸」が重要だ、と。人々は「急いでいる」感じを何より嫌い、避ける。

で、ぼくは何食わぬ顔で、カフェに腰を下ろし、ミントティーがぼくのカップに注がれるのを眺める。

出発した時にはまだ強い日差しが、体の片側に容赦なく照りつけてくる。ああ、出発がもっと早くなくてよかった、と反省。

時が経つに連れて、ぼくたちの影は次第に長くなり、日差しも穏やかになってゆく。ラクダに揺られることにも慣れてくれれば、あとは風景の美しさに酔いしれるばかりだ。

大きな砂丘のすそ野を回ってゆくと、やがてその裏側にある小オアシスが見えてくる。そこが今晩の宿営地だ。

持参したモロッコのワイン「プレジダン」で乾杯。素朴だがうまい。

一番星を見つけたと思うと、見る見るうちに満天に星が溢れる。灰色の蝙蝠《こうもり》が飛びかい始める。天頂に近かった北斗七星が徐々に傾くにつれ、星の混雑にまぎれてわからなくなってしまう。

夜中に起きると、じっとこちらをうかがう小動物の影がある。たぶん砂漠キツネだろう。間もなく半月が昇った。その煌々たる明るさで、あっという間に星たちが消えていく。次に目覚めたのは夜明けの直前、雨のように降り注ぐ鳥の鳴き声にビックリ。

カメラをもって、近くの丘にかけ登る。夜明けだ。

その前日のこと、道端に砂漠キツネをもっている少年たちがいた。金を払ってでも一緒に写真におさまりたいというミーハーな観光客を待っているのだが、まさにぼくがそれだった。

『星の王子さま』でぼくが一番好きなのは、砂漠キツネが現れる場面だ。七番目の星、地球にやってきた王子さまは、バラの花が何千と咲き乱れているのを見て泣きじゃくる。自分の小さな星に残してきた、家族のように親しいバラが、この世にたった一つのバラだと信じていたのに、いくらでもあるバラの一つにすぎなかったことを知り、悲しかったのだ。キツネは王子さまを慰め、やがてふたりは友だちになる。でも、ただ単に友だちになるのではない。友だちになってお互いかけがえのない存在になるということの意味を、キツネは王子さまに教えるのだ。

別れの時が来る。キツネは王子さまにこう言うのだった。

「あんたが、あんたのバラの花をとてもたいせつに思ってるのはね、そのバラの花のために、時間をむだにしたからだよ」

そしてキツネは最後にこうつけ加える。

「人間っていうものは、このたいせつなことを忘れてるんだよ。だけど、あんたは、このことを忘れちゃいけない……」

二〇一二年六月、首都圏は空梅雨続きだった。二〇万人とも言われる大飯原発再稼働に対する抗議行動にも関わらず、この国の首相はたった一言、「大きな音だね」と呟いたという。いよいよ雨が降り始めたが、毎週金曜日に行われてきた首相官邸前の脱原発行動にはますます多くの人々が集まっていた。その中に身を置きたいという一念でぼくも通った。

でも、国の首脳が「大きな音だね」程度の反応しかできないようじゃ、いくらデモをやっても時間の無駄だって？　そうかもしれない、と思う。でも、ぼくはこうも思った。今日も愛する人たちのために時間を〝むだ〟にしに行くのだ、と。ある時のデモで、すぐ隣にいた小学生がもっていたプラカード用の段ボールに、こう書いてあったっけ。「でんきはたりています。たりないのは、あい」

思えば、七夕だって、一日の逢瀬のために一年間を〝むだ〟に過ごす愛の話だ。わが家の笹飾りにぼくは「原発のない明日」の短冊を下げた。ぼくの天に向けたラブレターだ。

注：キツネの言葉は岩波書店版『星の王子さま』による。

ベンチに寝転がって本を読もう

世界のあちこち

『減速して生きる』の著者で、「ダウンシフターズ」という運動を率いる畏友、高坂勝が『kototoi』を紹介してくれた。それはシンプルな、和綴じの雑誌。そこには不思議な品格が漂っていて、手に取るだけで気分がいい。全部小文字の名前もいい。

限定五〇〇部というこの小さな雑誌を発刊したのは、高坂の友人である菊谷倫彦。彼はある出版社を退職し、埼玉県川越に夫婦二人で営む小さな出版社「菊谷文庫」をつくって、質素で丁寧な暮らしを立てていく生き方へと、下降（ダウンシフト）したのだという。

ウェブには「どこにもない、ちいさな総合誌をめざす」という謙虚にして大胆な宣言文がある。そこに出てくるキーワードの一つ一つが、ぼくのうちで共鳴を引き起こす（http://www.ne.jp/asahi/kikuya/bunko/）。

「ダウンシフト（脱成長）的感性・生きかた」、「3・11以後、どう生きたらいいのかを考える」、「暮らし・生きかたに創造性をとり戻す」、「大きな資本によりかからず、小さく、ともに、自立すること」、「〝場所〟に根ざしながら、普遍的」……。

今、日本に、そして世界のあちこちに、静かに、しかし逞しく育っている新しい文化の特徴が、ここにみごとに表現されているではないか。

『kototoi』創刊号の編集後記には、菊谷による、こんなあまりにも本質的な一文が出てきてドキっとする。

「ことばは、商品ではなく、贈りものである」

それに続く問いかけも研ぎ澄まされた詩句のようだ。**モノも本来、商品ではなく、贈りものだった**のではないか。「この雑誌も贈りものでありたい」と菊谷は言う。

また彼は、「寝転がって読めるような雑誌」を目指すという。そう言われてみると、確かにぼくもいつからか寝ながら読まなくなってしまったようだ。でも、そうやって読むことで「根っこ」が広がるのだ、と菊谷。

根っこが「深まる」ではなく、「広がる」というのがぼくは気に入った。それは、北米での学生時代、図書館嫌いだったぼくが、本はほとんどカフェで読んだことに通じると思った。音楽を聴いたり、窓の外を眺めたりしながら、まるで週刊誌を読むようなノリで、学術書を読む。おかげでぼくはおせじにも深いとは言えない人間になったが、でも、根っこはそれなり広がったかな、とは思える。

この編集後記だけで雑誌の価値はもう十分、あとは贅沢なおまけのようなものだ、と思いながら『kototoi』のページをめくっていく。すると途端にこんな文章と出くわす。

「……この国には椅子が人々に比して多いのではないか……」

「この国」というのは、筆者であるアフリカ研究者の勝俣誠が長年慣れ親しんできた国セネガルのこと。そこでは、「陽ざしに立っていると、人々が座れと日よけの下のベンチや椅子を勧めてくれる」。それに比べて日本はどうか、と筆者は問う。屋外の椅子がどんどん少なっていくではないか。都会の駅のホームにはかつて、いくつものベンチが並び、子どもにも飲めるように配慮された水飲み場があったのに。勝俣はここに、「とにかく座れと促す社会」と、「とにかく移動せよという社会」の対比を見る。

思えば、ぼくは旅をしながら、多くの時間をベンチで過ごしてきた。リュックを枕に一晩を過ごしたこともある。寝転がって本を読んだことも度々。

イギリスの小さな村には、それこそ人口より多いのではないか、と思うほどのベンチが並んでいた。例えば漁村の散歩道、ベンチの背のプレートにこんな言葉が記されている。「……さんご夫妻の思い出に。ここから河口の景色を眺めるのが二人は大好きだった」

「チッタスロー（スロータウン）」運動の中心地であるイタリアのオルヴィエトでは、町のアーティストや職人たちが腕を競った創作ベンチが古い町並みに彩りを添えていた。それは、かつて道が共同体にとっての大切なコミュニケーションの場であったことを思い出させてくれる。伊勢神宮への参道に置かれた巡礼者のための露台の数々に、日本におけるベンチの原点を見ることができる。

ベンチとは、休息や待ち合わせや読書や飲食の場所であり、語り合い、愛を交わし、瞑想する場である。それは一種のカフェだ、と言うこともできる。オーナーのいない宙ぶらりんのカフェ、すなわち〝カフェ・ノマド〟。

ベンチは「公」と「私」に支配された現代世界にしぶとく生き続ける「共」——誰のもので

もなく、しかし、誰もが使えるコモンズ。そう、それは「商品ではなく、贈りもの」なのだ。逆に、誰かが所有する土地でも、ベンチさえ置けば、そこだけが宙に浮いたかのように、誰のモノでもない場所になる。「公有地」や「私有地」が、束の間「共有地」に変わる。ベンチさえあれば、所有者に気兼ねなく、自由に寝転んで本も読むこともできるのだ。

コモンズの種としてのベンチ。その、小さくて大きいパワーに注目しよう。そう考えたぼくと友人の上野宗則は、ウェブ上に、「坐・ベンチャーズ」というサイトを立ち上げた（http://yukkuri-web.com/benchers）。

このささやかなムーブメントの発足を祝って、われらが師であり、友であるサティシュ・クマールがメッセージを寄せてくれた。

ベンチは分かち合い精神の象徴です。ベンチを所有する者はありません。

誰もがベンチに関わりをもっています。つまり、ベンチとはオーナーシップ（所有）ではなく、リレーションシップ（関係性）なのです。

ベンチとはインポジション（強制）ではなく、インビテーション（招待）です。あなたが何者であるかに関わらず、金持ちであろうが、貧乏であろうが、教育があろうがなかろうが、白人であろうが、黒人であろうが、ベンチはあなたを招いています。

ベンチは誰も拒まず、すべてを受け入れ、みんなを公平に扱います。
それは公正と寛容の精神の象徴であり、分かち合いの表現です。
だから、私たちもベンチのようにありたいものです。
さあ、みなさん、ベンチになりましょう。

最後の一言にはぼくも驚いた。「ベンチに坐る」ことを超えて、「ベンチになる」とは?! そこには、サティシュの英雄であるマハトマ・ガンディーの言う「**ビー・ザ・チェンジ**」の精神が鳴り響いている。それは、「世界がこうなればいいとあなたが望むその変化を、あなた自身が体現しなさい」という教えだ。
いつもながら、師の言葉は優しく、しかし厳しい。

旅も人生も、ぶらぶらと

コロンビア・エクアドル

ひと月あまりの南米三カ国の旅を終えて、ぼくは、空路カナダに向かっていた。そして呆然と考えた。ついさっきまで、ぼくはコロンビアの友人たちと首都ボゴタのとあるカフェで、ストーブにあたりながら、カフェオレの大きなカップを手にしていたのだ、と。

そしてついおとといはカルタヘナの、元修道院を改造したホテルの中庭に面したカフェで、オオハシと戯れながら、朝飯を食べていた。それが今こうして味気ない機内食を口にしている。そして名物のトウモロコシ・パンケーキ「アレパ」がないこれからの生活を思って、無性に寂しかった。その前日の満月の晩には、「カフェ・ハバナ」というキューバ風のクラブでモヒートを飲みながら、バンドの演奏に踊り揺れる人々の波に呑み込まれぬよう、カウンターにしがみついていたっけ。

そしてそのさらに数日前には、友人たちの案内でタイロナ国立公園とその周辺を汗だくになって歩き回っていた。急峻な山道での三日間連続のトレッキングをあれほど快調にこなせたひとつの理由は、案内の友人が常備しておいてくれたコカの葉にある。まず口の中で一つまみのコカの葉を転がすようにして唾をまぶしてから、指先に付けた石灰をその上にそっと塗る。そうしてできた塊を片方の頬に押し込み、噛みながら歩く。効果はてきめんだった。

山道で行き合う白装束の先住民コギは、かつてこの地に栄えたタイロナ人の末裔と言われる。男たちはみな片方の頬を膨らませ、石灰を入れたポポロという瓢簞《ひょうたん》製の容器に棒を差し込み、表面にこすりつけ、口にもっていくという一連の動作を際限なく繰り返す。

古代からアンデス地方の先住民たちにとってコカの葉は主食と言ってもいいほど重要な生活

文化の一部だった。しかし近年、アメリカを中心にコカインなどの麻薬の原料ともなったコカが、血なまぐさい抗争を引き起こすことになったのは、なんという歴史の皮肉だろう。

麻薬とは実に奇妙なものだ。このコロンビア北部では、まず七〇年代から八〇年代にかけてマリファナ栽培が大流行して、森林の半分が失われたと言われるほどだ。それに続く〝ゴールドラッシュ〟がコカの栽培だった。これによって今度は多くの人命が失われた。マリファナにしてもコカにしても、自然と伝統文化の中にごく普通に存在し、生活にとけ込んでいたものが、ある日商品化され、金もうけの手段となり、非合法化という政治的な力学によってその価格が高騰、一挙に人心を荒廃させるもとになったわけだ。

ぼくたちが訪ねたコギの村には、まるで庭木のようにコカノキが植えられていた。そして男たちは外の世界での大騒ぎをまるで知らぬかのように、せっせとポポロの石灰をコカの葉で膨らんだ口へと運んでいた。その姿は瞑想家のようでもあり、哲学者のようでもある。

ぼくがラテン・アメリカに行き始めたのは八〇年代の末。最初に行った中米メキシコには半年ほど住んだ。九〇年代の半ばからは、南米のエクアドル北部、コロンビア国境に近い沿岸地域で、マングローブ生態系の保全活動に参加した。

これらの場所で出会った人々の生活の中に〝哲学〟が生きていることにぼくは感動した。例えばメキシコには「マニャーナ（明日）」という言葉で表現される生活態度がある。例えば、新しい用事がやってくると、「マニャーナ」と言って、未来へと押しやる。また、今従事していることが長引くと、次に予定されていたことは明日へと先送りされる。

その〝明日〟とは、不特定な未来で、明日かもしれないが、明後日かもしれない。永遠に来ないかもしれないのだ。国境の北側のアメリカ人はよくこういう態度を見て、「怠け者」と評するが、ぼくから見ると、それは、「今・ここ」を大切にして、未来のための単なる手段とすることを拒否する、一種の哲学だ。

この視点から見ると、日本人の前のめりな生き方のおかしさが際立つ。幼い頃から、〝いい学校〟に行く準備をさせられ、小学生は〝いい中学〟、中学生は〝いい高校〟、高校生は〝いい大学〟、大学生は〝いい就職〟のために追いまくられる。いざという時のために貯金し、いろんな保険に入って、老後のために年金を積み立てる。「明日」のために「今・ここ」を手段化し、来るかもわからない未来のために現在を犠牲にしているのだ。

中南米には、のんびり、〝ぶらぶら〟生きている人が多いとぼくは思う。北の先進国から見れば、自分たちが「怠け者」で「のろま」に見えることは、彼らも知らないわけではない。でも彼らはただ、「だからどうなの？」と肩をそびやかすばかりだ。そして時々、こんな諺《ことわざ》をつぶやく。**「ゆっくり歩けば、遠くまで行ける」**

こう言ってもいいだろう。〝ぶらぶら〟とは、常に目的意識をもって生きるのが人生であるとか、特定の目標のもとに人間たちが集まるのが社会であるといった、現代世界に支配的な考えに対する抵抗なのだ。

日本人が大好きな「がんばれ」という言葉には、「ぶらぶらするな」という意味がこめられている。だからぼくは、「がんばれ」と言われたら、「がんばらないよ」と呟く。みんなが急いでいる。だからへそ曲がりのぼくは、ぶらぶらと行く。旅だってそうだ。ぶらぶら歩けばそれだけスローで素敵な人々や風景に会えるにちがいない。

ぼくはこう思ってさえいる。**我々は誰もみな、ぶらぶらするために生まれてきたのだ、と。**旅をしよう、ぶらぶらと。そう、できれば中南米へ。

ダムネーション VS リヴァーピープル

アメリカ・日本

『ダムネーション』というドキュメンタリー映画をお勧めしたい（http://damnationfilm.net）。二〇一四年に公開されたこの映画は、まず一世紀以上にわたる〝ダム国家《ネーション》〟アメリカのポートレートであり、同時に、大陸中に繰り広げられたダムという名の自然破壊に対する告発と断罪《ダムネーション》である。おわかりだろうか。そのタイトルは二つの意味を重ねた言葉遊び、つまりシャレなのだ。

アメリカのダム建設の〝輝かしい〟歴史を見てみよう。一〇〇年前、ヨセミテ国立公園のヘッチヘッチー渓谷が水底に沈んだ。大恐慌後、ニューディール政策による大型公共工事の花形が巨大ダム建設だった。それは雇用創出の効果もあって、偉大な国家事業として賞賛を浴びる。

第二次大戦中の水力発電用ダムのブームに続いて、戦後の経済成長期のダム黄金期がやってくる。一九五〇〜七〇年の間に三万基のダムが建設された。だがそんな熱狂の裏では、ダム建設による犠牲の大きさに気づく人々が増えていた。そして、六〇年代末の自然回帰運動や七〇年代以降の環境運動の高まりの中で、ダムは新旧の世界観を隔てる分水嶺のような存在となる。

現在、高さ一メートル以上のダムがアメリカには七万五千基。確かにダムは水を金に替える一種の錬金術だった。しかし、あるアメリカ先住民の長老はこう警告していたのだった。

「最後の川を汚す時、最後の魚を食べる時、人間はやっと気づくだろう、お金は食べられないということに」

映画には、ダム建設で誰よりも多くの犠牲を払った先住民とその子孫たちも登場する。彼らによれば、ダムが奪うのは単なる財産ではなく、文化であり、精神性なのだ。先住民のスピリチュアルな知恵は、最新の生態学の知見とも共鳴する。血液と身体の関係は、川と流域の関係に似ているのだ。水の淀みは生態系の死を意味する。経済学的にもダムの時代はすでに終わったと言っていい。金を生まなくなっただけではなく、金食い虫と化しているのだから。

こうして、アメリカは脱ダム時代に突入した。一九九四年、開拓局局長のダン・ビアードは「ダムの時代は終わった」と発言。九七年には、エドワーズ・ダムが巨大ダムとして初の撤去の対象となった。

映画はダム撤去の壮大なドラマを描く。例えば、ワシントン州エルワ川の二つのダムの撤去によって、一〇〇キロ以上の流域がサケに解放され、山と海の間に湿地や干潟が形成され、生命活動が蘇った。河口には大量の土砂が流れ出し、数キロ先の沖まで達し、侵食された海岸線を取り戻し、沿岸地域を高潮から守る役割も果たし始める。

この映画に登場する〝ダム・バスターズ〟たちは、みな川遊びの達人たちだ。彼らの生き方がアメリカン・アウトドアの思想を体現している。彼らにとってアウトドアとは何か。**それは自然の恩恵を享受することであると同時に、人間界からの暴力に対しては、自然界の一員として闘うこと。**

プロデューサー兼監督であるマット・シュテッカーもまた川遊びの達人だ。長年の環境活動家であり、また起業して研究やエコビジネスを展開。義父で、アウトドアブランドの「パタゴニア」の創業者であるイボン・シュイナードと共同でこの映画を企画した。

映画の日本公開にあたって来日したマットはこう語った。

ダムがクリーン・エネルギーだというアメリカの神話はすでに崩壊した。多くの科学的な研究の結果、ダムは温室効果が二酸化炭素の数十倍と言われるメタンガスの大量排出源であることがわかっている。そして、川と流域、さらに海の生態系にまで破壊的な影響を与えることは今や明白だ。

『ダムネーション』は「希望の物語」だとマットは言う。ダム撤去後の、急速でめざましい生態系の回復ぶりを見れば、悲観論者も目を見張るだろう、と。

サケを先頭に生きものたちが川に甦り、川は海とつながり直す。それにつれて河口から上流までの地域の文化や経済が再生する。**自然の偉大さは、我々の想像をはるかに越えている。だからあきらめてはいけない。自分が自然の側に立つことさえできればいいのだ。**

そう語るマットの優しく穏やかな笑みが印象的だ。彼は言う。ダムが長年にわたって、取水や発電など大切な役割を果たしてきたのは事実だろう。でもそれよりもはるかに害の少ない手段が見つかっている以上、そこに止まっているわけにはいかない、と。

映画には伝説的なアウトドア・アクティビストたちが続々登場する。その一人、故デヴィッド・ブラウアー（一九一二〜二〇〇〇）を師と仰ぐのは、すでに本書にも登場してもらった環境活動家の草島進一だ。

彼が書いた「親愛なるデビッド・ブラウアー様　そして川を愛する皆様へ」という文章がある。それは脱ダム活動の同志たちへの彼からの連帯の挨拶だ。アメリカの後を追いかけてきたダムネーション日本は、残念ながら今もダム神話にしがみついている。

草島が大勢の仲間とともに、三〇〇艇のカヌーを並べ、完成間近の長良川河口堰に向かって「建設反対」を叫んだのは一九九二年のこと。八〇歳のブラウアーも現地に駆けつけ、全国から集まった大勢のアクティビストの先頭に立って行進した。仲間たちと、「空と水の境目がわからなくなるような日本の数少ない清流でカヌーを漕ぐ」。それは「至福の時だった」、と草島は回想する。

それから二十数年、彼は阪神淡路大震災でのボランティア活動を経て、自然と文化豊かな故郷、山形県鶴岡に戻り、川遊びと山伏修行と政治活動を融合させる新しいアウトドア・アクティビズムの形を創った。

地元の月山ダムや小国川ダムの建設反対運動の先頭に立ってきたこの情熱的なアクティビストの心の中には、ブラウアーの優しく、美しい詩が今も息づいている。

川の音楽に　耳を傾けなさい
あなたの目で　川を見て
あなたの手で　川に触れ
そして
ふたたび　人間になってください

山伏にアウトドアの原点を見た　山形県

山伏修行で七日間山籠りをした。庄内平野と、そのさらに向こうに日本海を見渡す羽黒山中のお堂で、二〇〇名近い男たちと寝食を共にする。

法螺《ほら》貝の音が行動開始の合図だ。何を言われても答えはただ一つ、「受けたもう」。いつ食べられるか、寝られるか、わからない。寝てもすぐ起こされて、厳しい行が始まるかもしれない。その一方で、多くの時間を次の法螺の音を待ちながら、お堂の中で過ごす。未来を先取りできぬまま、ただ何かを待つ。そして、号令がかかればパッと立ち上がって、山を駆けめぐり、帰ってくるとまた勤行……。

それは、異次元の世界に入り込んだような強烈な経験だった。

山伏修行へとぼくを導いてくれたのは、松聖《まつひじり》という山伏の最高位にある星野文紘だ。ある時、彼が一三代目を務める羽黒山の宿坊「大聖坊」を訪ねたぼくに、彼はこう言った。

「山伏とは何か。それは、つなぐ役目を担う人のこと。神や仏と人とを、山や森や川や生きものたちと人とをつなぐ役。食と人とを、人と人とを、地域と人とをつなぐ役だ」

そして、その鋭い眼光を放つ目でぼくを見据えてこうつけ加えた。「辻さん、あんたも山伏なんですよ」

この言葉一発でノックアウトされてしまったぼくは、その場で、「秋の峰」と呼ばれる修行への参加を決意したのだった。

星野によれば、山伏の「山」とは女性の身体、より正確には胎内である。修行とは、そこに入って、そしてそこから出てくること。つまり、一度胎内に戻って、再び命をいただいて生まれ出る。

「山からいただいた命は、大事に育てていかなければならない。命をつなげるには、水が、空気が、そして食が必要だが、それらはみな、山にある。**山伏は山に入り、それら命の源泉のひとつからひとつへと移動し、歩きながらそれらをつないでいく**」

一週間の修行を終え、垢と泥にまみれた衣に身を包んで山を下りてきた時の、あの清々しさといったら、それはもう、「生まれ変わった」という表現も大げさではなかった。そして大聖坊に帰還し、風呂をいただき、直会《なおらい》の席についたときのあの晴れ晴れとした気分といったら……。

翌朝、新米のぼくたち数人に、星野先達《せんだつ》が話してくれた。現代人は知識を頭に詰め込むのに忙しいが、肝心なのは、それを知恵に変えること。そしてそれは、体で考えることを通して始めて可能になるのだ、と。

また、現代人は幼い時からひとつの正解を出す訓練を受けている。だが、そんなやり方はすでに行き詰まっている、と星野。

「同じ修行でも一人ひとり何を感じとるかは違う。**一〇〇人いれば一〇〇通りの答えがある。答えがいっぱいあるということを知る。それが本物の学びというものだ**」

ローカルでホリスティックな医療

静岡県

富士山の西麓、新緑に包まれた朝霧高原に、ひとりの医師を訪ねた。その名は山本竜隆。日本の統合医療の先駆けの一人だ。標高七〇〇メートル、〝霊泉〟があちこちに湧き出し、縄文の昔から人々が暮らしてきたこの地に、地域で半世紀ぶりとなる診療所を開設した。

医学部を志す頃から、東洋医学や代替医療に強い関心をもっていた彼は、現代統合医療の創始者と言われるアメリカのアンドリュー・ワイルの著作に心を打たれた。ワイル博士がアリゾナ大学医学部統合医療プログラムを開始した二〇〇〇年に渡米、その一期生となる。

東京に統合医療施設を開設することを目標に意気揚々と帰国するが、待ち受けていたのは、彼の理想をあざ笑うかのような厳しい現実だった。挫折を経験しながら、なお学びと修練の旅を続けた。ヨーロッパの医療をめぐる旅では、治療内容や設備というよりも、健康や予防という考え方を支える思想、そして、医者と地域の自然環境や社会環境との密接なつながりに感銘を受けた。

山本にとって、統合医療とはもはや単に難病を直す技術や方法のことではなかった。しっかりと地域に足をつけて生活しながら、医療を通じて地域に貢献する時が来た。

適地を探して日本各地を歩いた末、やがて朝霧高原に行き着く。診療所に続いて、二〇〇九年には、自宅に隣接する自然林や湧水、清流などのある二万坪の山林を入手、自ら先頭にたって荒れた森を整備し、私設の自然保護区とする。そしてその一角に保養施設として、まず「富士山静養園」、次いで二〇一五年には「日月倶楽部」を開設。

山本は、ワイルから受け継いだ統合医療の考え方をこう要約してくれた。それは、「病気・治療」より、「健康・治癒・養生」に力点を置く。患者を〝故障した機械〟として扱うのではなく、精神的・感情的・霊《スピリチュアル》的な存在として、またコミュニティの一員として、全人的に診る。検査結果の数値だけでなく、患者のライフスタイルを診る。患者を取り巻くあらゆる関係性を重視する……。

ぼくを案内して村を歩く山本は、あちこちで手を合わせた。近くの神社だけではない。泉が、滝が、木々が、野の花が、鳥が、岩が、すべて神聖なのだ。集落の中で行き合う村人たちと交わす挨拶にも、彼の優しさが溢れている。

彼の自宅は水道がない。暖房も薪ストーブ。敷地には蛍が飛び交い、野生動物が出入りする。彼は思うのだ。この地域には人間の生存の基盤となる水、大気、食、エネルギーが豊かなだけではない。かつて日本のどこにでもあった精神文化がまだしっかり生きている。自然への畏敬の念、年配者への敬意、子どもたちを地域で見守り育てようという思い、共同体への奉仕の心……。

山本は言う。

「このような村のあり方全体が、これまでの文明社会が追い求めてきた豊かさへの見直しを迫

山本竜隆

っている。そしてそれは、今後必ず見直されることになります」

見直されるべき文明社会のあり方として、山本が特に注目しているのが、希薄になるばかりの人間と自然との関係だ。彼の著書に『自然欠乏症候群』がある。この言葉は、すでに欧米では広く知られ、医療においても共通語となっているというのに、なぜか、日本ではまだあまり知られていない。ほんの二、三世代のうちに起こった自然界からの急激な分離と、その結果としての「生活環境と体内環境の激変」こそが、多くの現代病の真因だ、と山本は考えている。

だとすれば、問題の解決は、対症療法を超えた、人間と自然環境との関係性の修復に求められなければならないだろう。まずは、ぼくたち個人個人が意識的に戸外《アウトドア》へ、自然の中へと歩み出よう。また、子どもたちを、野原へ、森へ、水辺へ連れていこう。キャンプをしよう……。

ドイツとスイスには千以上もの「森のようちえん」があって、幼い子どもたちが、毎日森をかけめぐり、火を起こし、刃物を上手に使っている。日本にもこの動きが盛んになってきた。子どもを森のようちえんにやりたくて、大都会から田舎に移住する人たちも少なくない。

でも、それだけではまだ足りない。「人間と自然の分離」とは、文明の基本テーマであり、ぼくたちの社会のあり方そのものなのだから。自然欠乏障害という病気にかかっている社会を〝治す〟必要がある。

山本は、**「下医は病気を、中医は人を、上医は社会を治す」**という東洋古来の医療思想に立ち返らなければいけない、と信じている。そこにこそ、医療本来の意味があり、医者としての自分の務めがある、と。

早朝、ご来光を拝むために、富士を一望できる丘に登った。手を合わせたまま、ぼくたちはしばらく立ち尽くしていた。ふと目を開けて横を見ると、神々しい光に全身を染め上げられた山本の、あどけないほどに清らかな顔があった。

アウトドアは楽しい不便

「雑」を抱きしめる

昔のモノやコトは単に懐かしいのではない。実際に、その方が楽しくて、美しくて、心地よいというのはよくあることだ。だのに新しいモノやコトの方が良い、とされてきたのは、古いものに比べて非効率だからである。

効率を信奉する時代が続いてきた。そこでは、家庭とその周囲に大昔からあったさまざまな仕事が、料理、洗濯、子育てからガーデニングまでひと括りに、「雑用」とか「雑事」とかと呼ばれ、疎んじられた。

しかし、その「雑」なるものにこそ、来るべき時代の鍵があるのではないか、とぼくは考えている。

「雑用」の最たるものがアウトドア活動だ。その本質は「楽しい不便」にこそある。なかでもキャンプやピクニックはままごとの一種だといっていい。その原点は、ぼくたちが幼い頃に庭先や公園や空き地につくった隠れ家や秘密基地でやっていた「××ごっこ」だ。

子どもだけではない。若者がひとり暮らしを始める時も、男女が共に住み始める時も、「ままごとみたい」だったはずだ。

「ままごと」とは、何か。辞書によれば、それは「飯事」であって、子どもが炊事や食事のまねごとをする遊び、である。しかし、当人たちにとって、それは単なる「趣味」や「遊び」以上の何か、を意味している。

「遊ぶのが子どもの仕事」という言い方がある。では、そもそも仕事とは何?

『スモール・イズ・ビューティフル』で知られるE・F・シューマッハー（一九一一―一九七七）によれば、仕事の主な役割は次の三つだ。
（1）人間にその能力を発揮・向上させる場を与えること
（2）他の人たちと一緒に仕事することを通じて自己中心的な態度を棄てさせること
（3）まっとうな生活に必要な財とサービスをつくり出すこと
ままごとは、この三つのうち、少なくともはじめの二つの条件を満たしている。三つ目の役割には届かないが、少なくともその方向へ向けて歩み出してはいる。すぐそばまで近づいている。それに比べて、現代社会の大人たちのほとんどが従事している「仕事」はどうだろう?
（1）と（2）は明らかに落第。（3）は、「まっとうな生活に必要な金を稼ぐために、不必要な――いや、多くの場合、ない方がいい――財とサービスをつくり出すこと」へとねじ曲げられてしまっている。いや、「まっとうな生活」そのものが、ますます得難いものになっているではないか。

つまり、現代社会における〝仕事〟とは仕事のふりをしたニセモノの〝仕事〟なのだ。

効率化で失われるものは仕事の歓びと美であり、生きる理由である。そう言ったのは、日本の民芸運動にも影響を与えたアーツ&クラフツ・ムーブメントの指導者ウィリアム・モリス（一八三四―一八九六）だった。そうだとすれば、ままごとを再発見し、「雑」を抱きしめ、非効率を抱え込むことによって、ぼくたちがとり戻そうとしているのも、仕事の歓びであり、美であり、生きがいである。

「ローカル」という価値

Local Future

グローバルに考え、ローカルに行動する

イタリア

尊敬する友人ヘレナ・ノーバーグ＝ホッジが中心となって開かれてきた「幸せの経済学」国際会議というのがある。前回のオーストラリア・バイロンベイでの第二回に続いて、インド・バンガロールで行われた第三回会議に出席した。開催国のインドからはもちろん、世界中から、グローバリゼーションに対する先鋭な批判で世界的に知られる学者や運動家が結集して、来るべき新しい社会のあり方をめぐる議論を展開した。その合言葉は「グローバルからローカルへ」だ。元亡命チベット国政府首相サムドン・リンポチェ、『聖なる経済学』で知られるエコロジー思想家チャールズ・アイゼンスタイン、インドのジャーナリスト作家クロード・アルヴァレス……。

これらのそうそうたる論者の中にあって、聴衆の心をとりわけ強く掴んだのは、まだ三〇にも満たないイタリアからのゲストだった。その名はカルロ・シビリア、職業は国会議員。

彼は「５つ星運動（略して M５S）」の中心メンバーで、一年前に当選を果たしたばかりの新人議員だ。「スーツにネクタイっていうのが一番つらいね。あとは不規則な時間と食生活の乱れ。おかげで、ほら、腹がでてきちゃって」と苦笑いする。

カルロから、M５Sについて話を聞いた。それは八年ほど前からネットを通じて広まった運動で、創始者はベッペ・グリッロという八〇歳近いコメディアンだ。政府への痛烈な風刺や、歯に布を着せぬ政治家批判への罰として、長年マスメディアから閉め出されていたが、彼がブログを始めるや、「本当のことを言える珍しい有名人」として人気を博し、しまいにイタリア最多のアクセス数を誇るブログになってしまった。

カルロによれば、若い世代の多くはテレビの情報を全く信用していない。テレビから閉め出されていたベッペだからこそ、彼自身を含む若者の信頼を勝ち得たのだ、と。

ベッペと意気投合し、社会改革に立ち上がることを決意したのが、まだ二〇そこそこのカルロだった。活動は、まず〝ミートアップ〟と呼ばれる市民の誰もが参加できる小さな話し合いの場を積み重ねることから始まった。次に試みたのが、補完通貨としての地域通貨をつくってローカル経済を支えること。実際に、自治体政府を巻き込むことによって、成功例をつくり出

日本の反原発運動への賛同を示すカルロ・シビリア

してきた。

その次のステップは、市民として議会へと法案を提起すること。しかし既成政党が無視し続けるので、ネットで国民投票を行って国政を変えることを試みる。五〇万署名を集めたこともある。それでも知らん振りを続ける政府も国会に対して、「よし、それならば」と、議会選挙に出て、内側から政治を変えようということになった。

M5Sには「五つ星」の名の通り、五つの基本政策がある。①ゴミゼロ、②再生エネルギー推進の他、③水、④公共交通、⑤インターネットへのアクセスを、国民の基本的権利として保障すること。

しかしM5Sの特徴は何よりもその倫理的な態度と価値観にこそあるようだ。選挙では、候補者選びをネット上で行なう。候補者の条件は、犯罪歴がなく、議員歴がない〝新人〟であること。二〇一三年の国政選挙では公約として、議員報酬の半額放棄、運転手つき公用車、護衛といった議員特権の辞退を掲げた。それで浮いた税金を寄付、重税に苦しむ小規模な農業やビジネスを支える基金とする。

結局、M5Sはこの選挙で九〇〇万票を獲得、議席の二五パーセントを占めるにいたった。その間、活動は市民の自発的な寄付とボランティアだけでまかなった。宣伝媒体はネットのソーシャルメディアのみ。選挙ポスターさえない。テレビや新聞からは逆に誹謗中傷の嵐が浴び

せられた。それでこれほどの支持を得るとは⁉

「幸せの国際会議」でカルロは熱く語った。大切なのは「何を大切にするか」という価値観なのだ。M5Sとは**「政治に嘘はつきもの」という常識への挑戦だった。**「正直」という単純な価値が、まるで伝染病のように広がったんだ、と。

彼はこうも言った。**「グローバルからローカルへ」とは、いつの間にか、何者かによって盗まれてしまった力を、民衆の手に取り戻すこと。骨抜きにされた民主主義から、本物の民主主義へとたち還ることなのだ、**と。

追記：二〇一六年六月一九日の地方選挙で、五つ星運動が擁立した二人の女性ビルジニア・ラッジ（三七歳）とキアラ・アッペンディーノ（三二歳）が、それぞれローマ市とトリノ市の市長に当選した。

あなたのいのちの輪郭は？

滋賀県・アメリカ

持続可能な地域づくりを目指す中国のNGOの人々と一緒に、秋の滋賀を訪ねた。最初にこのスタディ・ツアーの相談を受けた時、とっさにぼくは琵琶湖沿岸のことを思った。もちろん、そこにいろいろなおもしろいローカル・ムーブメントが起こっているからなのだが、それ以上に、ひとりのキーパースンの顔が思い浮かんだのだ。

それは滋賀県立大学の上田洋平のこと。彼の協力があれば、きっとすばらしいスタディ・ツアーになる、というぼくの予感は現実となった。

上田は滋賀をフィールドとする地域学の研究者であり、同時に、地域づくりのために行動する活動家でもある。この数年、ぼくはこの若き友人の案内で、琵琶湖周辺に展開する様々なプロジェクトを視察、多くを学ばせていただいた。

上田が開発した地域学の方法に「心象図法」がある。これは、(1)地域に暮らす人々の五感体験に関するデータを集め、(2)それをもとに聞き取りを行い、地域の生活誌を記録、(3)それを一枚の「心象絵図」、「ふるさと絵屏風」などとして表現し、(4)それを地域の教育、文化活動に活用する。この過程の各段階に地元民が思い思いの仕方で参加し、共同作業を行う。

この方法が今、注目を集めている。上田は全国各地をまわって、この方法を伝えながら、地域づくりを応援している。

「心象図法の実践とそのこころ」という冊子で、上田は、この方法の背景にある思いを、彼が学生の頃に書いたという詩「輪郭」によって表現している。

鉛筆で
魚の輪郭を描くと
魚の周りに水ができる
鉛筆で
みみずの輪郭を描くと
みみずの周りに土ができる
雲を描くと空ができて
星を描くと闇ができる……（中略）……
魚と水と
みみずと土と
雲と空と
星と闇と
どちらがどちらの輪郭なのか
あたえあってつくる
輪郭

ここに表れた上田の世界観は、今は亡き友人、ピーター・バーグ（一九三八〜二〇一一）が提唱し、世界各地の地域運動に大きな影響を与えてきた「生命地域（バイオリジョン）」という言葉を連想させる。

ピーターはこんな風に説明していた。我々は皆どこかの土地に住んでいる。当たり前のことだ。しかし、ここにはまだ神秘的で、極めて重要なことが隠されている。それは、**我々が生活しているこの場が「生きている」ということ**だ。

つまり、地域とは、固有の地形、土壌、水の流れ、日の光、風、湿度と、微生物から動植物までが織りなす独特な生命の場である。そして人間とは、そこに住み込む共同体の一構成員として、この場から切り離しえない存在だ、と。

しかし産業化し、都市化した社会では、「地域」は等質で無機的な空間におとしめられている。これは、人間が輪郭を失って取り替え可能な存在になっていくことをも意味している。また地域との冷ややかな関係は、資源を獲りつくした企業や、より安価な労働力を求める企業が、次の地域へと移っていくやり方にも見られる。

ピーターによれば、こうした地域との切断にこそ、環境危機の、そして様々な人間的不幸の原因がある。これに対して、彼は「住み直し（リ・インハビテーション）」を唱えた。つまり、もう一度地域との間に有機的で暖かみのある関係をとり戻すために、そこに「住む」ことを学び直そう、と。上田さん風に言えば、地域と自分の双方に、同時に、「いのちの輪郭」をとり戻すのだ。

滋賀で、日本のあちこちで、そして世界中で、今、「住み直し」の気運が高まっている。ピーターもそれを感じながら、旅立っていったにちがいない。

民衆の教育運動とローカル・エネルギー　デンマーク

ブータンがGNH（国民総幸福）を提唱している影響か、世界中で「幸せ」についての議論が盛んになった。

ぼく自身、経済的な豊かさと社会的、個人的な幸せとの必ずしもハッピーとは言えない逆説的な関係について考え、論じてきた。ブータンには足繁く通うことになったし、様々な「幸福度」調査で、常に上位にランクされる北欧にも何度か訪れた。

中でも、度々、幸せ度世界一の名誉に輝いているのがデンマーク。一体何が小さな国に住む人々の幸せ度の高さを支えているのだろう。

このことを、コペンハーゲンに住む教育学者のオヴェ・コースゴールに尋ねたことがある。

彼によれば、日本とデンマークは、治安の良さや生活水準の高さなど、類似点も少なくないのだが、両者を大きく隔てることになったのは、教育のあり方の違いだ。幸せ度を上げるべき教育が、日本では逆に人々の幸福度を下げる要因になっているというのだ。

デンマークでは、一八一四年、世界に先駆けて全児童のための公教育が始まった。一九世紀半ばの民主主義革命とともに教育改革が始まり、やがてフリースクール法も制定された。その結果、今も親たちは地元の公立学校や多くのフリースクールの中から、好きな学校を選ぶことができる。

大人のための教育も盛んだった。一八四四年には、デンマーク史上最大の偉人とも言われるN・F・S・グルントヴィ（一七八三〜一八七二）が、「フォルケ・ホイスコーレ（民衆大学）」と呼ばれる農村の青年たちのための教育機関を設立する。

グルントヴィ研究の権威でもあるオヴェによれば、フォルケ・ホイスコーレの伝統と、そこに集中的に表現されたデンマーク流草の根民主主義にこそ、〝幸せな社会〟への鍵があるのだ。

オヴェは言う。

「アリストテレスによれば、知識には科学知識（エピステーメー）、技術知識（テクネー）の他に、良識や知恵（フロネーシス）がある。しかし、近代社会は前の二者だけを重視し、教育もそちらに偏ってしまった。今日の私たちをとり巻く深刻な問題の多くはその結果ではないでしょうか」

一七〇年も前にグルントヴィが危惧したのもそのことだった。そして、フロネーシスを柱とする新しい学校を考え出す。彼によると、まず**教育とは民衆が下から、自分たちの生きる地域で、自発的につくり出すもの**であって、国家によって上から下へと、中央から地域へと、押しつけられるものであってはならない。教育そのものがローカル運動であり、民主主義運動であるといってもいい。フォルケ・ホイスコーレとは、地域の住民自身が組織し、運営するプロセスを通じて、民主主義を学び、保持し、発展させていく学校なのだ。

また**教育は頭だけに偏らず、心や体とのバランスをもった、ホリスティックなものでなければならない**、と考えられている。実際、フォルケ・ホイスコーレでは、文学、芸術、体育、音楽、工芸が大切にされている。

オヴェは、フォルケ・ホイスコーレの校長を長年務め、グルントヴィ思想継承のために尽くしてきた。ぼくは彼の話を聞きながら、日本における教育の偏狭さを思って胸を痛めていた。そこでは教育は単なる手段に貶められている。しかし、教育とは本来、それ自体が生きる目的だったのではないか。そうぼくが問いかけると、オヴェはこう答えた。

「その点こそが核心なんです。そしてそれが、デンマークにおける幸せの重要な要素の一つなのです」

オヴェに薦められて、コペンハーゲンの中心部にあるヴァートウ会館を訪ねた。それは、グルントヴィの影響の下に展開されてきた様々な草の根教育運動の拠点のような場所だ。その中庭にあるグルントヴィの像を見上げながら、ぼくはガンディーの言葉を思い出していた。「**明日死ぬかのように生き、永遠に生きるかのように学べ**」

二〇一二年五月、デンマーク、ユトランド半島北西部にあるフォルケ・センターを訪ねた。ドキュメンタリー映画『第4の革命——エネルギー・デモクラシー』の中で紹介されている場所だ。周囲に広がる田園のあちこちには、鮮やかな黄色い菜の花の畑が広がっていた。

この映画を薦めてくれたのは、すでに本書にも登場してもらった友人の環境運動家でフェアトレードを手がける中村隆市。彼は映画についてこうブログで言った。

「世界史に残る福島原発事故を今、現在進行形で経験している日本。ほとんどの日本人ができれば原発は止めた方がいいと思っている。しかし『原発に代わるエネルギーをどうするのか』と考えている。その答えがこの映画にある」

そして、彼が昔から注目してきたデンマークについてこうコメントしていた。

「特に、政府が導入しようとした原発を市民が『必要ない』と拒絶したデンマークのデモクラシーが素晴らしい。そのデモクラシーの中心に『フォルケセンター（民衆のエネルギーセンター）』があった。小さな国でありながら世界一の風力発電システムをつくり出した謎を解く鍵がここにある」

映画の主人公の一人、プレベン・メゴーとともに、フォルケ・センターを設立し、運営して来た所長のジェーン・クルーゼが、センターの生い立ちとその背景にあった草の根の民衆運動について、詳しく話してくれた。

デンマークと言えば、風力発電が有名だ。全電力に占める風力発電量三七・五パーセントに及ぶ。しかし、ジェーンが言うには、一九七〇年代初頭までは一〇〇パーセント化石燃料に頼っていた。オイルショックを経て、加速した原発へ向かう動きに真向から反対したのは女性たちだった。原発反対を女性が主導することになったのは、なぜか。ジェーンによれば、女性たちには、「味もしない、匂いもない、触ることもできないものが、いつの間にか自分の幼い子どもたちの中に入り込んでしまう、ということの恐ろしさを感じることができたから」だ。廃棄物はどうなるの、本当に安全なの、プルトニウムは……。そうした女性たちの素朴な、しかし真剣な問いとともに、議論が深まっていったのだ、と。

同時に、NOと言うだけでは不十分、代替案を示そう、という運動が展開してゆく。一九七五年、プレベン・メゴーが鉄鋼の専門家をはじめとする職人や技術者八人を集めて、七キロワットから二〇キロワットまでの小さな発電用風車をつくり始めた。八〇年代初期には五〇キロワット、八〇年代終わりには二五〇キロワットを開発、最近は一〇〇キロワットクラスまで実用化している。風車発電だけでなく、太陽熱利用、バイオガスなどの研究開発も手がけ、今やフォルケ・センターは世界的な再生エネルギー開発の中心、文字通りの〝センター〟となった。ユトランド半島をはじめ、各地にエネルギーを一〇〇パーセント自給する「エネルギー自治区」が出現している。

ジェーンによれば、政府に反対するだけでなく、代替エネルギー発電を草の根運動でつくり、しまいにエネルギー自治区を地域に生み出してしまう、というこのやり方もまた、フォルケ・ホイスコーレの思想に基づいている。グルントヴィに始まる民衆教育運動の伝統とエネルギー自治とは、切っても切れない関係にある、というのだ。

科学者で発明家のポール・ラ・クール（一八四六〜一九〇八）のことは、コペンハーゲンで会ったオヴェ・コースゴールからも聞いた。ラ・クールは風力発電の発明者のひとりとして世界史的な存在だ。しかし、彼は同時に、地域の民衆教育に情熱を燃やす教育家でもあった。一八七八年、彼はすでに物理学者としての業績や電信技術分野での発明で広く知られ、有名大学の教授として活躍することを期待されながら、最も古いフォルケ・ホイスコーレのひとつであるアスコー・ホイスコーレでの教育活動の道を選んだ。

七〇年代以降の風力発電を中心とするエネルギー自治の運動が、ホイスコーレを舞台に展開されたのは、偶然ではない。

ジェーンやオヴェによれば、グルントヴィが強調した「民衆のための民衆による教育」、「草の根運動」、「協同組合《アソシエーション》」といった思想は、ラ・クールの「地域分散型のエネルギー」という考えの中に、みごとに受け継がれているのだ。

オヴェは言った。「これこそが一五〇年にわたるデンマークの伝統と言えます。この伝統なしに、民衆の技術としての風力発電の今日の隆盛は考えられません」

思えば、福島の原発事故がぼくたちに教えたのは、原発というものの単なる物理的な危険性ではなかった。それは、原発という科学技術が、民主主義と相容れないものだということだ。だとすれば、ぼくたちが**地域分散型の代替エネルギーを目指すのは、いつの間にか骨抜きにされていた民主主義を取り戻すためでもある**だろう。

プレベンはよくこう言っていたそうだ。「民衆の力を思い知らせてやりましょうよ」。彼は映画『第4の革命』でもこう言って、ぼくたちを励ましてくれた。

「私は、エネルギーの自立が現実的に可能であると明言できます。なぜなら私たちが実現できたからです。私たちができたことが、他の世界各地でできない理由はありません」

参照：『生のための学校』（清水満、新評論）、『北欧のエネルギーデモクラシー』（飯田哲也、新評論）

誰よりも豊かな恵みの中に生きている

北海道

北海道、浦河といえば、多くの人は競争馬と日高昆布を連想する。でも、ぼくにとって浦河とは、一にも二にも「べてるの家」だ。精神障がい者の相互扶助コミュニティとして日本全国、いや海外からも注目を集めるべてるの家は、ビジネスにも熱心だ。「カフェぶらぶら」は、そんなべてる流〝スロービジネス〟のひとつであり、メンバーたちが〝ぶらぶらと〟つくり、経営し、働き、憩うコミュニティ・カフェなのである。

べてるの家には、〝理念〟と呼ばれる一連の合言葉がある。「がんばらない」、「あきらめが肝心」、「弱さの情報公開」、「偏見差別大歓迎」「安心して絶望できる人生」……。グループホームと作業場では、「弱さを絆に」お互いを支え合い、「安心してサボれる職場づくり」を目指す。「降りてゆく生き方」は、映画のタイトルにもなった。これらの〝理念〟に共通する逆転の発想は、カフェぶらぶらというネーミングにも表れている。

思えば、カフェぶらぶらとは一種の同語反復だ。だって、カフェとはもともと、ぶらぶらする場所のことだったはずだから。

では〝ぶらぶらする〟とは何か？　それは、要するに「生産的でない」状態。共通の目標や目的で結ばれているはずの共同体からの逸脱だ。

べてるの障がい者たちは自らを「当事者」と呼ぶ。彼らは、病気を敵視しない。それどころか、病気を大切にしている、という。なぜなら、**病気のおかげで、上昇志向の競争社会から降りることができた。病気が治ってしまったら、またあの〝狂った社会〟に戻らなくてはならなくなる。それは嫌だ、と。**〝ぶらぶらする〟とはかくも烈しいレジスタンスなのだ。

本を通じてその存在を知った時から、ぼくはべてるの家に深い縁を感じた。何年かたって、浦河をはじめて訪ねたときには、スローライフの故郷を発見したとでもいう不思議な「懐かしさ」を覚えたものだ。

その後、韓国の友人とともにまた浦河を訪ねることになった。ぼくたちの案内役を務めてくれたのは「当事者」であり、シンガーソングライターでもある下野勉。べてるがぼくたちのために「カフェぶらぶら」で催してくれたパーティでは、その下野が数曲、ギターを弾きながら歌ってくれた。

最初の曲は、「病者の祈り」。ニューヨーク市立病院の壁に掲げられた詩を基に、下野がつくった曲だという。

元気を求めたけど
日々を大事に生きるようにと
病気を与えられた
強さを求めたけど
絆を取り戻せるように
弱さを与えられた
求めたものは手に入らなかったけど
願いは聞いてもらえた
誰よりも
豊かな恵みの中に生きている

下野の表情は以前よりずっと明るかった。最近は幻聴もなくなって、調子はいいんだけど、その分なんだか生き甲斐がなくなったみたいで、と苦笑していた。お礼の手紙を書こうと思いながらぐずぐずしているうちに、彼が海に転落して亡くなったという悲しい報せが来た。ある人が、「下野さん、竜宮城へいったまま帰ってこない」と呟いたそうだ。なぜかぼくには、その言い方が腑に落ちた。

数日後、一枚のCDが届いた。あの「カフェぶらぶら」での小さなコンサートをたまたま録音していた人が送ってくれたのだが、ぼくはふとそこに、下野らしい心遣いを感じていた。ありがとう、下野さん。

精神科病院に育てられた緑の町

オランダ

アムステルダムから電車で三〇分ほどの郊外にあるエルメローという町を訪ねる。クライネン利恵子が優しい笑顔でぼくを出迎えてくれた。

町の中心にあるこの駅は、フェルトワイクと呼ばれる精神科病院の敷地への入り口でもある。つまり、町の真ん中に精神科病院があるのだ。入り口とはいっても、門や塀があるわけではない。ぼくが泊めていただくクライネン家へは、森林公園のようなフェルトワイクの敷地の中を通っていく。豊かな緑のあちこちに病院の関連施設の立派な建物が点在している。野の花、彫刻、野生のウサギや、牧場のシカなどを見ながら歩いているうちに、いつの間にか、病院の外に出ていた。

　夕食をいただきながら、クライネン夫妻の話をうかがう。アレックスはソーシャルワーカーとして、長年フェルトワイクで働いた。現在は他の施設で働きながら、エルメローの町会議員を務める。児童教育の専門家である利恵子は、他の多くのオランダ人と同様、ワークシェアリングによるパートタイムの正社員として、保育園で働きながら、夫とともに二人の子どもを育てた。

　福祉はエルメローの文化的土台であるばかりではない。それは経済の柱でもある。人口二万八〇〇〇の半数が障がい者だという。知的障がい者や身体障がい者のための施設、青少年更生施設、視覚障害者の学校などが勢揃いしている。でもその中心にあるのはやはりあの精神科病院。一九世紀後半、資産家フェルトワイク氏の寄付によって設立され、二〇世紀はじめには、同胞が抱える問題に自分たち自身で対処したいという市民の思いによって、当時まだ普通だった「閉じ込める病院」から、「外へと開かれた病院」への転換を果たした。職員はパートタイムも含めて約千人、患者は約七〇〇人。

　クライネン夫妻の話に度々出てくるワークシェアリングの話に興味をもった。オランダにはワークシェアリングが非常に発達していて、パートタイムでも、社会保障や給料の基準はフルタイムで働く場合と遜色ない。幼い子どものいる家では父母ともにパートタイムという場合が

エルメローの精神科病院

多い。例えば、父親が週四日、母親が週二〜三日というふうに。両親ともフルタイムというのはほとんどきかない、という。その結果、週一、二回だけ、保育園に来るという子どもも多い。もちろん、父がフルタイムで母が専業主婦という場合もあり、また逆に母がフルタイムで父が主夫という場合も珍しくない。

日本では、昨今、保育といえばすぐ、施設をつくって、そこに子どもを〝収容〟することばかりに関心が向いているようにみえる。そうすれば、生産年齢の男女が、安心して経済活動に勤しむことができるから、経済成長、国力向上へとつながる、というわけだ。政府の言う「一億総活躍」に、第二次世界大戦の「一億総玉砕」のこだまを聞くのは、ぼくだけだろうか。

翌日は、昼ごろ仕事から戻った利恵子と一緒に、ヨーロッパ有数の「エコ」な町としても知られるエルメローを自転車で周遊した。瀟洒な駅前商店街には、障がい者の働く店、作業所、アトリエなどがある。もちろん、フェルトワイクの職員や患者も大勢歩いている。

昼食はカフェ兼ショップ「デ・オントムティング（出会い）」。ここも、従業員のほとんどが障がい者だ。窓に掛けられている文字はアインシュタインの言葉だという。

「困難の中にはいつも可能性がある」

夕方、クライネン家の庭に出て気がついた。その庭は境界を示す目印もなくそのままフェルトワイクの敷地へと続いている。他の多くの家と同様、この家も精神科病院と向き合うことを選んでいるかのようなのだ。そして、あちらとこちらの間に、花の香りを運ぶ六月の爽やかな風が行き来しているのをぼくは感じた。

町の中心に病院が置かれたのではなく、病院の周りに町が形成された。町が障がいを統合したのではなく、むしろ障がいが町を統合したのだ。**真ん中にある〝弱さ〟を抱きしめる**——そこにこそ真のコミュニティの姿があるのではないか。

田舎こそ希望の砦　栃木県

あの三月一一日から一週間経った頃、どうしても声が聞きたくなって、爆発直後の福島原発から一〇〇キロほどの那須に住む発明家の藤村靖之さんに電話したのを覚えている。明るく活気に満ちたその声にぼくは救われた思いがしたものだ。

かつて一流企業のトップ・エンジニアとして活躍した藤村さんは、わが子が喘息になったのをきっかけに「環境発明家」へと転身、科学技術の進歩が引き起こす環境汚染についての研究を深めた。やがて「非電化工房」を立ち上げて、高エネルギー消費型の社会から脱却する道筋を切り拓き始める。以来、電気を使う電化製品よりは、ちょっと不便な、非電化の冷蔵庫、掃除器、浄水器、室内乾燥器などを製品化してきた。

藤村は電話口で苦笑いしながらこう言った。「電化の殿堂」である福島原発からそう遠くないこの地に、「非電化」のテーマパークをつくり始めて四年、気がつけば、原発事故による低線量汚染地域の中にいた。その運命の不思議を思う。そして今こそ、自分の仕事の真価が問われているのを感じる、と。

それからまたひと月たった四月、藤村がつくった「非電化パーク」で行われた「アースデイ那須」にぼくは招かれて、彼と対談した。

藤村は、まず、青年時代から原発に反対する立場をとってきた科学者の一人としての「無念」を、そして原発推進の中心を担った世代の一人としての「責任」を語った。その上で、この地域で自分が果たすべき役割について話した。

会場を埋めていたのは、原発事故と放射能汚染によって、少なからぬ影響を受けた人たちばかりだ。でもぼくの目の前にあるのは、憂いや不安の表情ではなく、明るく清々しい顔ばかりだった。聞けばそのほとんどが、3・11のはるか以前からこの地域に根を張って、原発のない時代に向けて歩き始めていた人々なのだった。

藤村が「非電化」をテーマとして、電気に頼りすぎない生き方を提唱してきたように、この場に集う人々は、すでに、この美しい地域に根ざし、原発に頼らない未来を、言わば先取りするようにして生き始めていたパイオニアたちだ。だから彼らに迷いはない。

対談も終わりに近づいた頃、夕立が去って、福島方面の東の空に鮮やかな二重《ふたえ》の虹が出た。


その三カ月後、再び那須。大好きなカフェ「SHOZO」で、ヘレナ・ノーバーグ＝ホッジのドキュメンタリー映画『幸せの経済学』の上映に合わせて、ぼくの講演会を企画してくれた。あの四月の集いと同様、3・11後の新しい社会と暮らしのあり方を模索し、実践する人々が、カフェの一部である「音楽室」という名のホールに集まった。

SHOZOカフェで、『幸せの経済学』というのは、単なる偶然の組み合わせではない。なぜなら、SHOZOは単なる飲食店ではなく、カフェを起点とする「町起こし」ムーブメントであり、ヘレナが映画で描いた「ローカル経済」の模範例なのだから。

やっとオーナーのショーゾーに会って話すことができた。ゼミ生が、自分の地元にはすてきなカフェがある、と誇らしげに紹介してくれたのが最初だったとぼくが言うと、彼はニヤリと笑って、「それがまさにぼくの狙いだったんだ！」

一九八〇年、二〇歳で東京に出た田舎育ちのショーゾーは、喫茶店で時間を過ごすのが大好きだった。最初のうちはどれもみんな立派に見えて、ああ、やっぱり東京はすごい、田舎には何もない、と思って気持ちが沈んだ。結局、故郷である那須に帰ることになったが、やはり、喫茶店をやりたいという昔からの夢があきらめられない。

「その時にこう考えたんだ。よし、ここに最高のカフェをつくろう。東京に出た地元の若い子がこう思う。確かにいい店はあるけど、私の田舎にはもっとすてきな店があるって。そして、しまいに故郷へ帰ってきたくなる……」

彼が「音楽室」と名づけたホールにも夢が詰まっている。かつて彼が通った学校の音楽室がそうだったように、人々の心をワクワク、ザワザワさせる出来事がいっぱい起こる場所にしたい。「外から見ると、なんかよくわからないけど、面白そうなことがあそこで起こっているらしい、というような……」。そんなショーゾーの言葉通り、かつてシャッター街だった街に今起こりつつある「面白そうなこと」に惹かれて、今日も多くの人々が集まってくる。

「カフェとはいつだって社会変革と創造の場だった」というノンフィクション作家の島村菜津の言葉を、ワクワクと実感する一日となった。那須でこれから起こることが、日本の未来に少なからぬ影響を与えるのではないか、とぼくは直感した。「那須を希望の砦に！」という藤村のかけ声も、いよいよ現実味を帯びてきた。

平和で幸せな未来は、まず今、ここから

東京、アメリカ

ソーヤー海《カイ》の「ゲリラ瞑想」の呼びかけに応じて、ぼくは原宿駅前に駆けつけた。某グローバル大企業の店舗前、呼び込みの女性たちが五〇パーセントオフを叫んでいた。秋晴れの祝日、ぼくたちの前をひっきりなしに人が行き交い、背後には排気ガスを吐き出す車の列。その狭間で、目を閉じて呼吸に意識を集中する。

その二日前には、世界各地で〝気候パレード〟と呼ばれるデモが行われ、ニューヨークでは

三〇万人が大通りを埋め尽くした。気候変動に関するサミットに集まる各国政府に対して、温暖化効果ガスの大幅削減に向けた断固たる態度を要求する行動だ。残念ながら、日本人の関心は薄い。しかし、文句を言ってる場合じゃない。行動に立ち上がった世界中の人々に連なろうと、ぼくたちはここに来て、こうして坐っているのだった。

カイは、自称「共生革命家」、今ぼくが最も注目している環境運動の若きリーダーだ。日本人とアメリカ人の両親のもと、日本の田舎で育ち、アメリカの大学で学んだ。ここ数年、日本を主な舞台に、アーバンパーマカルチャー、非暴力コミュニケーション、社会変革のための瞑想などのムーブメントの先頭に立ち、その新しい活動スタイルで多くの若者を魅了してきた。

カイの右目の周りに丸が描かれているのは、「我々は現在を、そして未来を見据えている」という表現らしい。周囲には何ひとつ言葉によるメッセージが見当たらない。そこが大事なんだ、とカイ。プラカードに「温暖化阻止」とか書いてあるのを見れば、その途端に、人々は心の中の分類箱にそれを放り込み、〝安心して〟通り過ぎてしまう。無届けデモとして警察も来て、面倒なことになるかもしれない。

「そもそも、これはBe-inだからね。**あれこれすることより、ここにただいることが大事なんだ**」。

つまり、ただ何もしないで坐っていること自体がメッセージというわけだ。

「しないこと」の大切さについては、ぼくも、『「しないこと」リストのすすめ』（ポプラ新書）

という本を書いた。そしてそこでこう言った。ひとつの「する」がいくつかの「する」を生み、そのそれぞれがまたいくつかの「する」を生む。これが経済成長なるものの中身であり、環境危機の原因なのだ。「する」を無闇に積み重ねるこの時代に、今ぼくたちは別れを告げなければならない、と。

カイが言うように、**新しい時代に大切なのは「何をするか」より、「何をしないか」**。ぼくたち上の世代も、これからの世代のために、「すること」リストに代わる、「しないこと」リストをつくる方がいい。

瞑想とは言わば「しないこと」の実践。ティク・ナット・ハン師によれば、「すること」に汲々としているぼくたちは、「しないこと」を通じて、「いる」という人生の本質に気づくことができる。

その師から直々に瞑想を学んだカイのモットーは、**「平和で幸せな社会はまず平和で幸せな自分から」**。

＊＊＊

二〇一五年初秋、ぼくは「共生革命家」カイをリーダーとするスタディツアーに参加、アメリカ・ワシントン州オルカス島にあるブロックス・ホームステッドという〝楽園〟を訪ねた。

ソーヤー海

それは、パーマカルチャーという、人間を含めた永続可能な環境をつくるという考え方を基にしたエコ・ビレッジの模範例として、世界的に有名な場所だ。

以下は、ぼくが帰国後、カイはじめ、一緒にツアーに行った仲間たちに向けて書いた「感想文」だ。

収穫期を迎えた初秋のブロックスの豊かさは圧倒的だった。生まれてからこんなにたくさんの、そしておいしい、様々な種類の果物を食べたことはなかった。それぞれの木の寛大さに感謝！

でも、ここが昔はただの荒れ地だったことを忘れてはならない。そもそも、不毛の地を、修復し、甦らせることにこそ、パーマカルチャーというものの真髄がある。同じ農的営みでも、ただ条件の良い場所に入植して農耕を行うというのとはわけが違うのだ。

ブロックスの最大の魅力の一つはなんといっても、その真ん中に位置する沼と湿地だろう。ブロックス三兄弟がここに入植して間もなく、沼がもともとそこにあったことが判明したという。その沼を再生することになり、一年間かけて、一〇〇年ぶりに沼が生き返った。生物多様性が急速に高まった。それが今では保護区となり、バードウォッチングの名所ともなった。海洋性の温帯雨林地域の中にありながら、ブロックスのあるオルカス島は周囲とは異なって、乾燥を特徴とする地中海性のマイクロ生態系。島全体にはいつも水不足という問題がつきまとう。そんなわけで、貯水池としてもこの沼はなくてはならない存在なのだ。

確かに特別な空気がブロックスという場所には溢れている。そこに暮らす人々の営みが、自然を壊す替わりに、その豊かさを甦らせる方向に働く時、その場所全体が輝き、それがまた人々を輝かせるということは確かにあるだろう。ブロックスはそれを確信させてくれる。それに比べて、自然を壊すような労働に溢れる地球上のほとんどの場所が醸し出す荒涼とした空気！

カイが教えてくれたように、パーマカルチャーという言葉をつくったビル・モリソンによれば、パーマカルチャーの三大要件とは「一に水、二に水、三に水」。これまで見たどの農場よりも、ブロックスでは「水の道」がわかりやすかった。

エネルギーが集まる場所としてのゾーン1。それは消費の行われる場所でもある。そこに自宅を組み合わせる。メインの道がそこを通る。その道沿いにすべてが並んでゆく。

わざと不便なところに冷蔵庫をおいてある。その結果、あまり使わなくなっていいのだという。沼の水はソーラー・ポンプで丘へあげ、そこからまた灌漑のために下へと流してゆく。屋根は「水の収穫」のための畑と、考える。

太陽エネルギーでポンプを動かし、植物に散水する。食堂のソーラー・ステレオは回線が表に出ていて全部見える。こうしたところにも、ブロックスの技術に対する民主主義的な考え方が現れている。シンプルで、誰にでもつくれて、マネのできる技術を使うことで、現代社会における専門家依存から抜け出すきっかけにもなる。

このステレオはiPhoneをつないで、都会の音楽をガンガンかけて踊ることもできる。ここには都会vs田舎という二元論や、エコ＝禁欲という先入観に囚われない、自由で柔軟な発想がある。エコであるだけでなく、楽しさの要素を暮らしの中に取り入れていくことも大切なのだ。楽しい場所であればこそ、人は自然に集まってくる。

パーマカルチャーの技術的な側面に熱中する人もいる。テクニカルな話も楽しめるようでありたいが、でも技術が独り歩きし始めるようでは困る。『スモール・イズ・ビューティフル』の著者シューマッハーが言う適正技術とは、要するに、人間の手に「とって替わる」ものではなく、あくまでも人間が人間らしく生きるための道具だ。**適度な便利とは、適度な不便でもあり、適度な速さとは適度な遅さ……**。それがブロックス的な暮らしのデザインというものではないか。

ブロックス家の三兄弟が離ればなれに、（とはいってもすぐに歩いて行ける距離にある）三軒の家に住んでいる。その他に、過去に来た研修生たちが自由に建てていったプラットホームがあちこちにあって、そこに現在の研修生が住んだり、また新しいものを建てたり。

壁のない家もあった。これがカイのお気に入りだ。彼はこんなシャレたことを言っていたっけ。**「朝目覚めた時、最初に何を目にするのかによって人生は大きく左右される」**と。確かに。

でもぼくたちはふつう、美しい風景を見るか、化学物質でできた壁に囲まれるか、ということを選択する余地などない、そして、それは「しかたのないことだ」と思いがちだ。でも「選択がない」というのは、本当だろうか。実は、ちょっとした勇気さえあれば、「何を見て生きる人生なのか」を選ぶ自由をもっているのに、それを行使していないだけなのではないか。

ぼくたちは誰もみな、美しく生きる権利をもって、この美しい星に生まれてきたはずなのだ。

カナダやアメリカ各地から集まっている研修生の若者たちに会え、交流できたことがぼくにはうれしかった。彼らの知的好奇心、謙虚さ、仕事への姿勢、そしてコミューナル（共同社会的）な分かち合いの精神に触れることができた。一人の青年と「アナキズム」について、熱く語り合った。ぼくが注目しているデヴィッド・グレーバーのアナキスト人類学に彼も興味をもっていたので、話が盛り上がった。新しい価値観、そして新しい文化が北アメリカにも確実に育っている。

国家としてのアメリカに絶望しそうなぼくにとって、ブロックスは久しぶりに触れる「もうひとつのアメリカ」。しかも、ぼくがかつて知っていたものよりさらに進化した「もうひとつのアメリカ」だった。

ともすると、世界の状況についての失望感に圧倒されそうな最近のぼくにとって、ブルックスへの旅は、癒しであり、希望であった。でも、それは、ブルックスの力であるばかりではなく、ともに旅をしたカイをはじめとする、きみたち日本の若い仲間のおかげだと信じている。まず、きみたちの存在自体が発する思いやり、寛容、謙虚、「フェア」の感覚に敬意を表したい。どうもありがとう。きみたちを見ていると、こんな言葉を思い出す。

アーティストとは特別な種類の人のことではない。すべての人が特別なアーティストなのだ。

（アナンダ・クマラスワミの言葉）

スローライフ再論④

グローバルからローカルへ

集合的意識の胎動

長い間、環境運動家を名乗っているぼくだが、いまでも、不思議と言うしかない。地球上にかつて存在した生物の中で最高に知的な存在であるはずの人間が、自分の住処である地球とその自然のメカニズムを狂わせているのだから。自然生態系は人間の生存にとってなくてはならない最低限の条件。その破壊が止まらないとすれば、その先にあるのは、人類としての〝死〟に他ならない。

悪魔に魂を売ったのでなければ、一体、何と引き換えに、そんな自滅への道を選ぶのか。それが問題だ。

こんなことをぼくが言うと、必ず返ってくるのが、「そうは言っても現実は……」という話だ。そこでいう「現実」とは、景気とか、株価かと、選挙とか、のことであり、個人のレベルなら、雇用であり、給料であり、ローンだ。そしてそれらをまとめて一言で言えば「経済」、もっと平たく言えば、「お金」。それが「現実」という〝物語〟のテーマであり、主人公なのだ。そして両脇を固めて、主人公を支えるのが、科学技術。

その他のこと、人権、民主主義、平和、福祉、コミュニティ、愛、などというイシューは、どうなってしまったのか。もちろん、誰だって一定の価値をそれらに認めないわけではないが、結局のところ、「そうはいっても現実は……」というところに落ち着いてしまう。

こうした〝物語〟を世界規模に広げたのが、グローバル化と呼ばれるものだ。本来、「グローバル」とは「世界的」や「地球的」という肯定的な意味をもつ大切な言葉だったはずだ。それが、多国籍、無国籍の大企業や大銀行による、障壁のない自由な通商を表現する言葉へとすり替えられてしまった。

一方の「ローカル」は、どうか。中心に対する周縁、都会に対する田舎、コスモポリタンな意識の広さやセンスのよさに対する、視野の狭さ、古臭さ、文化度や生活水準の低さ、など、「とるに足らないこと」の代名詞にまで貶められてきたのだ。

グローバル・システムの〝不都合な真実〟が明らかになりつつある今でも、メディアは、グローバル経済讃歌を歌ってやまない。確かに、一見、グローバル化は、そのため新自由主義経済政策は、そしてTPPに代表される規制緩和や貿易自由化の流れは、加速し続けているように見える。

しかし、だ。メディアにはなかなかとりあげられないが、今、世界中で、経済の再ローカル化の動きが広がっている。その軸となるのが、ローカルフードであり、地産地消型の地域に根ざした農林水産業だ。日本もその例外ではない（異例のベストセラーとなった『里山資本主義』〈二〇一三年〉以来、そうした草の根の動きが時折、主流社会の表面に現れ出るようになった）。

特に東日本大震災以降、被災地からの人口流出が急増する一方で、すでにそれ以前から始まっていた都会から地方へ、という流れもまた一層強まった。若い世代に農的営みや無農薬・無添加・オーガニックなど食の安全への関心が高まり、脱原発とともにエネルギーの地域自給への思いも強まった。半農半X、パーマカルチャー、シティ・ファーミング、移住、CSA（地域が支援する農業）、ファーマーズ・マーケットやマルシェ、エディブル・スクールヤード、有機農業・自然農法、「森のようちえん」、などに関与し、参加する人も増える一方だ。

世界中で進むこうした様々な動きは、今はまだバラバラで雑多なものにしか見えないかもしれない。しかし、ぼくには、それらを貫くようにして、その基底に、ある重要な集合的な意識が働いているように思えてならない。

「難民としての自分」からはじまる

世界のあちこちに、難民が溢れている（注参照）。そして、その難民が向かう先々に、難民排斥の動きがエスカレートしている。

ぼくは思うのだ。これまで幾多の戦争が難民を生み出しただけでなく、難民を生み出すような状況が、戦争を引き起こしてきたこと。そしてもうひとつ、東日本大震災とそれに続く福島の原発災害が生み出した〝難民〟たちのことを。

今は亡き鶴見俊輔が、３・11後に発言を求められて、震災が大量の死者と被災民を生み出したことを念頭においてだろう、難民について語っている。難民出身の哲学者アイザイヤ・バーリンや画家ベン・シャーンなどの思想を手がかりにしながら、「文明の難民として、日本人がここにいることを自覚して、文明そのものに、一声かける方向に転じたい」と（『思想としての３・11』より、「日本人は何を学ぶべきか」）。

文明の進歩とか、開発とか、経済成長とかの裏側にはいつも大量の難民がいる。文明とは本質的に難民を生み出すシステムなのだ。難民とは戦争などの非日常的な事態が生む特殊な存在だと思われがちだが、実は、文明によって、刻々、つくり出されている。そして、今やグローバル化の進展とともに、文明と難民とが表裏一体の関係にあることが、いよいよ露わになってきたのだと思う。逆に、これまでは、その難民化という文明の裏側を隠蔽することで、人々は文明の中へ易々と囲い込まれてきたのではないか。

鶴見の言葉を受けて、ぼくは「難民としての自分」ということを考えてみたいと思った。ある意味では、ぼくたちのほとんどがどこか別の場所から地域からやって来た移民であり、かつて自分の親や祖先を支えていた共同体から切り離され、自然生態系から疎外されて、大都会に暮らしている一種の難民。そういう難民としての自分が、これからどうやって生きていくのか。これがポスト3・11時代を生きる者が向き合うべき問いではないだろうか。

鶴見はまた同じ文章の中で、「近隣の助け合いと物々交換から再出発に向かいたい」と言っている。もちろん、それは単なるノスタルジアでも、過去への回帰でもない。

そもそもローカル化とは、円を描いて元に戻ることではない。そうではなく、螺旋を描くように、それなしにはもう人間が人間ではありえないという根本的なつながりへと、進化すること。過去を、伝統社会の智慧をヒントにしながら、来るべき新しい時代を生きる者として、大地に、共同体に根ざすという根源的な人間のあり方を学び直し、発明し直すこと。それがローカル化であり、リ・ローカリゼーションだ。

「グローバルからローカルへ」という流れは、単なる量的な変化ではなく、質的な転換を意味している。そもそも、ローカル化とは単なる小規模化を意味しない。グローバル経済をいくら小型にしてもローカル経済にはならないのだ。また新しい選択肢としての農的な営みとは、経済的収入のための代替案ではない。

　グローバル化や環境破壊や原発事故などで人々が失ってきたのは、単に生存のための物理的条件だけではなかった。コミュニティや親族ネットワークや家族といった生存のために不可欠な社会的条件も、劣化し続け、失われてきたのだ。

　それだけではない。さらに人間は、それなしにはもう人間が人間であることさえ不可能となる、自然との一体性や調和を失いつつあるのだ。

「グローバルからローカルへ」という流れは、これら、難民としての我々が失ない、あるいは失ないかけている人間存在の基盤を回復しようとする、意識的、無意識的な、人類史的な運動ではないだろうか。

注：国連難民高等弁務官事務所（UNHCR）によれば、二〇一五年末の時点で、難民・国内避難者・亡命申請者からなる「避難を余儀なくされた人々」の総計は六五三〇万人。一九九六年には三七三〇万人、二〇一一年には四二五〇万人だった。
　日本が海外から受け入れた難民の数は、二〇一五年の申請者七五八六人のうち二七人、二〇一六年一月〜三月の申請者二三五六人のうち一人だった。

よきことはカタツムリのように

石のレッスン

「死と向き合う時間」をもつために集まる「スロー・デス・カフェ」のことは前に触れたが、一緒にそれをやっている友人の上野宗則と、二年前からもう一つ、「ゆっくり小学校」という名の大人のための小さな学びの場を開いている。東日本大震災を受けて、今まさに世界に起こりつつある大転換に見合う、自らの内なる転換のための、ささやかな「学び直し」の機会をつくりたい、という思いだった。

「学び直し」で思い出すのは、ぼくが師と仰ぐ鶴見俊輔の話。アメリカで勉強していた一〇代の頃に、あのヘレン・ケラーが彼にこう言ったそうだ。私も学生の頃はよく学んだ。でも、学校を出てからは、一生懸命、アンラーン……。

この「アンラーン」という言葉は「学ぶ」〈learn〉の頭に否定を意味する〈un〉がついている。鶴見はこれを「学びほどく」と訳した。「学び」を一度ほどいて、またつくり直す。億劫がらずに、何度でも。糸をほどいては、布を編み直すように。

もうひとつ、3・11以後、よく思い出していたのは、「序」でも引用したアインシュタインの言葉だ。

ある問題を引き起したのと同じマインドセットのままで、その問題を解決することはできない。

そのマインドセット（人々の思考や行動を左右する心の枠組み）にあたるのが、経済成長、科学技術の進歩、グローバル化などに対する一種の信仰だったろう。気候変動や戦争や経済恐慌などの危機に加え、原発事故を間近に経験したぼくたちが、それらを引き起こしてきたマインドセットからどのように抜け出すか、が問われているのだ。

中でも厄介なのが、「時間」というマインドセットだ。それをどうアンラーンすることができるだろうか。

「ゆっくり小学校」は、一日に何度も瞑想の時間をもつことを大切にしている。卓上のお鈴《りん》の音とともに、意識を呼吸に向ける。

息を吸う、吸っていることに気づく。
息を吐く、吐いていることに気づく。
息を吸う、深く、もっと深く
息を吐く、ゆっくり、もっとゆっくりと
息を吸う、静けさ
息を吐く、安らぎ…

（ティク・ナット・ハン師の偈《ガーター》より）

そうして、ぼくたちはせわしない日常とは異質な時間――ディープタイム――を招き寄せるのだ。

またゆっくり小学校では、毎回、全員が石をもって集まることになっている。そしてそれを各自、自分の机の片隅に置いておく。時々その石に気づいたら、触れる。握ってみても、じっと見つめてもいい。これもまた異次元の時間への入り口だ。

鶴見の詩集『もうろくの春』の中にある短い詩「岩（儀式の一部）」はこう始まる。

自分の外を
終りなく流れてゆく時間に

動かされることなく
あなたは休む
わかれ道で…

「流れてゆく時間」に流されない石を前にして、ぼくたちは流され っ放しの自分に気づく。そして石の時間を思う。何万年、もしかしたら何億年の時間を。さらに思う、ぼくたちの「流れてゆく時間とは」一体何なのか、と。それはどこからどこへ流れているのか。そもそも本当に流れているのか……。

そんなことを思う、それこそ石にでもなったつもりで。「わかれ道」とは、今ぼくたちがいるこの場所、この状況だ。そして、この現在の世界の危機的なありようでもある。

直線的時間を超えて

サティシュ・クマールは言う。動物や植物ばかりではない、石にもストーン・マインドという心がある。人間はいつからか、自分だけに心があって、動植物、そして石や土や水には心がないと思い込むようになった。しかし、人間の心ではないからといって、それが心ではないということにはならない。

それぞれにそれぞれの心がある、とサティシュは言うのだ。**そして、それらとコミュニケーションをとることも可能だ、**と。

　ここに石がある。まずその石に触れてみる。見てみる。匂いを嗅いでみる。耳を近づけてみる。石はその存在全体からいろいろなことを表現しているわけです。…それを理解することはマインドフルに、澄んだ平和な心で向き合えば、可能なはずです。

（『サティシュ・クマールのゆっくり問答』）

長田弘の「海辺にて」という詩にもこうあった。

至るところに、ことばが溢れている。
空には空のことば。雲には
雲のことば。水には水のことば。
砂には砂のことば。石には石のことば。

（『人はかつて樹だった』）

同じ詩のすぐ後で詩人が言っているように、世界中のすべてが言葉であり、人の言葉は、その「ほんの一部にすぎない」のだろう。そして、すべてが、様々な表現をしながら、それぞれの時間を生きている。石は石の、水は水の、土は土の時間を。

世界のこうした見方は、単に詩人たちだけのものではない。かつて伝統社会、特に、〝未開〟と言われた社会では珍しくなかったし、今でも、先住民と呼ばれる人々の中で息づいている。

現代社会では、「オリジナル」と言えば、「独創的」で「新しい」ことを意味する。しかし、グレン・A・パリーによれば、アメリカ先住民の長老たちが言う「オリジナル」の意味とは、「源（オリジン）にしっかりと根ざしている」こと。

ここには、時間に関する二つの相異なる態度がある。ひとつは、先住民に代表される昔ながらの時間。それは、ある特定の場所における自然のリズムという具体的なリアリティと切り離しがたくつながっている。もうひとつは、現代人に一般的な、場所から切り離された抽象概念としての時間だ（Parry『Original Thinking』）。

そもそも現代人は時間がひとつの「考え」だとは思っていない。それを現実そのものと思い込んでいる。自分たちの時間概念を絶対視する一方で、先住民的な時間を「神話的時間」と呼んで見下す。

絶対視されているのは、直線的（リニア）で一方向的で不可逆的な〝流れ〟としての時間だ。

物理学では、その正当性が疑問視されて久しいが、主流社会は今もそこにしがみついている。

この直線的時間では、過去よりも現在、現在よりも未来の方が〝良い〟、ということが暗黙の前提だ。そしてこの〝より良い方向〟への流れを、「進化」、「進歩」、「発展」などと表現する。

こうして新しいこと自体が価値となる。科学技術を宗教のように崇めるのも、それが新しさの最先端を切り拓いていくように見えるからだろう。常に、最新の知識、技術、モデルこそがベストというわけだ。

「新しさ信仰」の反面は、〝賞味期限〟の短縮だ。ニュース（news）が日々刻々古びていくように、科学も技術も、思想もライフスタイルもどんどん古びていく。こんな時代は「オリジナルな思考」に冷淡だ。

スローな始原へ

以前にも増して、物事が古びるのが速くなっている。なぜか。時間が加速しているからだ。

ここに、直線的時間の最も危険な本性がある。その時間が向かう「より良い方向」とは、近代的な産業社会という文脈では、より効率的な方向を指す。同じ物をより速く、同じ時間内でより多く生産する。そのためには組織を、資本を拡大して、機械化し、技術革新を競い……。こうして「より速く、より大きく、より多く」が時代の合言葉となる。

誰もが忙しがっている。そして「時間がない」と嘆いている。科学技術の進歩は次から次へと、時間を節約するための機械を世に送り出してきた。人々も仕事を早く済ませるために急ぐ。でも、急ぐほど、ハイテク機器を使うほど、逆に忙しくなり、時間はなくなっていく。そして、その時間の中に詰まっていたはずの貴重なつながりもまた消えていく。

ストレス、生きづらさ、生きる意味の消失といった個々人の危機は、決して孤立した事態ではない。科学技術に支えられた〝無限の経済発展〟によって、数々の社会的、地球的な危機が同時に生み出されてきたのだ。アインシュタインの言葉を思い出そう。深刻な危機を引き起こしたのと同じ、直線的時間というマインドセットのまま、その延長上で、問題を解決することはできない。

ぼくはこの二〇年、「スロー、スモール、シンプル」という三つの〝S〟を呪文のように唱えてきた。「より速く、より大きく、より多く」に対する、それはぼくなりの抵抗だった。そして今思えば、「スローライフ」とは、加速する直線的時間というマインドセットから抜け出そうという試みだったのだ。

写真家のセバスティアン・サルガドは映画『地球へのラブレター』の中で、南米アンデスの山中に住むサラグロ民族と過ごした時間について、こう懐かしんだ。

…時間のリズムがまったく違った。サラグロ族といた時間が何百年にも感じられる。何もかもが遅かった。考え方も時間の感覚もまるで違う。彼らは天命を信じていた。

思えば、ぼくがブータンという小国に足繁く通っているのも、山奥の村に暮らす人々の「遅さ」に魅了されたからだという気がする。

でも、こういう話を日本でするると、「昔に戻れと言うのか」という反発が返ってくることがある。今世界中で盛んになっているローカリゼーション運動の中心人物、ヘレナ・ノーバーグ＝ホッジも、著書『懐かしい未来』でこう嘆いていた。現代の主流社会では、「直線的な進歩」が信奉され、人々は「後戻りができない」という強迫観念に囚われている。まるで、「過去や自然の法則から解放されることがゴール」であるかのように、と。

一方、世界中では今、従来の経済学についての批判が高まり、伝統文化の見直しや、地域生態系の再生、経済のローカル化を模索する動きが広がっている。でもそれさえ、「進歩」を奉ずる主流社会から見れば、歴史の必然的な流れへの逆行と見える。

これに対して、ヘレナは言う。後に戻るのではない、我々はただ「大地とのあいだに古くからあるつながりへと、螺旋を描いて戻っている」のだ、と。

「よきことはカタツムリのように、ゆっくり歩む」というマハトマ・ガンディーの名言は、ぼくたちスロー族の真言だ。これをぼくは勝手にこう解釈してみるのだ。なぜカタツムリなのかと言えば、単にゆっくり動くからではなく、あの螺旋を描く殻が、「非直線的な時間」を象徴しているからではないか、と。

螺旋を描いて、ぼくたちは、自分たちの存在が依って立つ源——世界中のすべてのものと切り離しがたく連なっている場所へと遡行する。そして、この世界が人間のために存在するといった、傲慢な人間中心主義の虚妄から自由になるのだ。

あとがき

「木々は大きな音をたてて倒れるが、音をたてずに育つ」。これは本文の中でも紹介したタイのことわざです。

ぼくたちが生きている現代世界でも、あちこちで、やかましい音をたてて大きな〝木〟がバタバタと倒れているようです。各地で続く戦乱とテロ、グローバル経済という名の構造的暴力、気候変動と災害、格差の極大化、民主主義の衰退……。それはまるでぼくたちが「世界とはこういうものだ」と思ってきた、その世界が目の前で崩れ落ちているようではありませんか。

しかし、その一方で、多くの木が静かに育っている。だから、失望してはいけない、あせってはいけない、と、このことわざをぼくに教えてくれた現代タイの賢人スラック・シワラックは言っていたのです。音もたてずに、とは、スローに、ということでもあります。よきことは、静かにゆっくりと進むものだ、というわけです。

そのように考えて、自分を慰めよう、というのではありません。このことを真実として受け入れて、信じよう。そしてこの世界のスローな蘇りに賭けようではないか、というのが、本書におけるぼくの提案なのです。

音もなく、ゆっくりと、しかし着実に世界が更新されていく様が、本書を通じて読者であるあなたに感じていただければ幸いです。

二〇〇〇年にアメリカで出版された『The Cultural Creatives』という本によれば、カルチャー・クリエイティブ（CC：文化を創る者）とは、世界に今起こりつつある価値観や美意識の大転換を、自らの生き方によって体現している人々のことです。著者のポール・レイとシェリー・アンダースンの調べでは、二〇世紀の終わりまでに、CCと見なされる人々の数はアメリカの成人の三割を占めるに至ったといいます。彼らの生活態度に共通するのは、自然志向、健康志向、平和や公正さへの関心、コミュニティへの関心、異文化への理解など、です。また生き方や考え方の特徴として、部分より全体、量より質、所有より共有、結果より経験やプロセスの重視が挙げられています。

本書に登場する人々とその生き方こそ、カルチャー・クリエイティブそのものです。そして、この本を今こうして手にしているあなたもまた、おそらくはCCの一人に違いないのです。「文化を創る」というところが肝心です。元来、文化とは創るものではなく、ただその中へ生まれきては、淡々と受け継いでいくものです。しかし、ぼくたちの生きているこの大転換の時代には、すべての変革運動は、同時に価値観や世界観の転換を伴う文化の創り直しのプロセスでなければなりません。環境運動は、だから環境・文化運動であり、政治変革は政治・文化運動であり、経済変革は経済・文化運動なのです。文化を創るというからには、それは気の遠くなるような、気の長い、スローな話にちがいありません。その長い道のりを、淡々と、そして楽しく歩んでゆく覚悟をもたなければならないでしょう。

今、世界のあちこちのCCたちが、自己の、そして社会の変革のためのキーワードとして活用している三つの形容詞があります。マインドフル、コンヴィヴィアル、ホリスティックです。

本書にも登場する**「マインドフル」**は、元をたどれば仏教の概念で、近年、ベトナム人の禅僧ティク・ナット・ハン師の教えとともに世界中に広がった言葉です。邦訳書ではよく「気づく」と訳されます。例えば、「マインドフルに呼吸する」とは「呼吸していることに気づく」ことだ、というふうに。また、「マインドフルに歩く」とは、普段ぼくたちがしているような「どこかに達する」ための単なる手段としての移動ではなく、一歩一歩が「到着」であるような歩き方です。同様に、「マインドフルに生きる」とは、未来へと向かって慌ただしく走るような生き方の代わりに、「今・ここ」を十全に生きる生き方を選ぶことです。

ぼくなりの言い方をすれば、〝スロー・イズ・マインドフル〟となります。

次に「**コンヴィヴィアル**」です。ヒマラヤの小国ブータンから発せられたGNH（国民総幸福）をきっかけに、それまでのGNP（国民総生産）やGDP（国内総生産）を基準にした経済成長至上主義への批判の声が高まって、近年、経済学者の中からさえ、「幸せの経済」を唱える人々がでてきました。ただ、「幸せ」や「幸福」という感覚が消費主義や利己主義のあまりにも大きな影響の下にある今、ヨーロッパでは「コンヴィヴィアル経済」という言葉が使われるようになりました。「共生」と訳せばそれまでですが、「コンヴィヴィアル」には、人々が互いを手段と見なすことなく、共にいきいきと、生きる歓びに満ちて、いのちを支え合う関係が表現されているようです。またそこには、自然を単なる資源とみなすこれまでの見方を超えた、自らを地球というコミュニティの一員とする意識への志向が感じられます。

〝スロー・イズ・コンヴィヴィアル〟なのです。

マインドフルやコンヴィヴィアルにも見られる、「分断」や「分離」から「つながり」や「関係性」へという価値観の転換をひと言で表しているのが、「**ホリスティック**」です。「全体的」、「包括的」、「総合的」と訳すことができますが、この表現には、これまでの科学技術中心の近代主義的な世界観への批判が込められています。還元主義、物心二元論、生物機械論などによって分断されてきた、全体と部分とのダイナミックな関係を取り戻そうというのです。

例えば「ホリスティック医療」にとって、治療や治癒とは、単なる病原の排除ではなく、無数の部分からなる患者の身体全体のバランス、心と身体のバランス、患者とそれを取り巻く社会との、自然環境との調和的でコンヴィヴィアルな関係を取り戻すこと、です。

人類の存在基盤そのものが急速に損なわれつつある、現代世界の環境危機は、これまで支配的だったバラバラの世界観の必然的な帰結です。だとすれば、今必要とされているのは、すべての部分が有機的につながりあって地球（ガイア）全体を支えるというホリスティックな世界観でしょう。

〝スロー・イズ・ホリスティック〟なのです。

「かたつむりのように」という言葉が、単に遅さを表現しているのではなく、一方向的で直線的な時間に対する、もう一つの時間の概念を象徴しているようだ、とぼくは本書の末尾に書きました。生命現象には度々、螺旋形が現れるのは偶然ではありません。かたつむりの殻もその一つです。

それに加えてもう一つ、つい最近、ぼくの若い友人の口から、「かたつむりのように」という表現が出たので、それを紹介しておきます。

その友人とは、3・11を機にベルリンに一家で移り住んだ禅宗の若い僧侶、星覚です。彼もまたぼくにとってのカルチャー・クリエイティブの一人です。最近、来日していた彼を招いて、坐禅を学ぶ集いを開いた時のこと。彼が、坐禅中に姿勢を修正する時の動きを、「かたつむりのように」と表現したのです。気になって問いただすと、彼はこんなふうに説明してくれました。

「坐禅は身体を動かさない」と思い込んでいる人が多いが、そもそも、身体は常に動いているものだ。例えば、横隔膜や腸など、呼吸に伴う体内の動きは、普段よりダイナミックになる。意識して身体を動かしている時より、かえって普段の身体的習慣に影響を受けにくいため、身体にとって本当の意味で心地よい場所を探すことが可能になる。

いつもは眠っている自律均衡の能力が活発化し、随意筋は大きな動きをしない分、不随意筋が優位になる。骨盤を構成する骨も二〇分以上経過する辺りで、それぞれが最適の位置に動こうとする衝動が内側から起きるため、脚の根本から、今までにない動きが現れ、「坐っているのに歩いている」かのような感覚になる。

このように、時間をかけてはじめて現れてくるような「動き」は、普段意識しているような「動き」とは、心身のつながりという点で異なるもの。それは、一見どこが動いているかわからない、静かでゆっくりとした、テンポを刻まない、それでいてダイナミックな動きだ。

そんな動きのことを、私は「かたつむりのように」という言葉で表現したかった。「一見どこが動いているかわからない、静かでゆっくりとした、テンポを刻まない、それでいてダイナミックな動き」。そのようにして、世界中で、よきことが展開しているのでしょう。そしてそれこそがきっと新しい世界の胎動にちがいありません。ぼくはこのかたつむりのような動きに連なっていこうと思います。

本書の企画から編集まで、ぼくを親切に導いてくれた春秋社の篠田里香さん、どうもありがとう。また、本書の基になった文章を連載させてくださった、雑誌『BE-PAL』（二〇一一～一五年）と『春秋』（二〇一五年）、そしてその関係者諸氏に感謝します。

生きとし生けるものがみな幸せでありますように。そしてそのためにできることがありますように。

二〇一六年夏　カナダ、ノヴァスコシアにて　辻信一

【初出一覧】

序　立ち止まる、そしてまたゆっくりと動き出す（『春秋』二〇一六年一月号）

I

本物の自然と向き合う（『BE-PAL』連載「本物を生きている者たち」第二二、二三回、二〇一五年五月号、六月号）
原発でなく、太陽を拝み続けたい（『BE-PAL』連載「ナマケモノ教授のカフェ・ノマド」〈以降「カフェ・ノマド」と表記〉第一六回、二〇一二年五月号、「カフェ・ノマド」第一七回、同年六月号）
山奥の村で出会った〝スモール・イズ・ビューティフル〟（「カフェ・ノマド」第二六回、二〇一三年三月号）
ブータン人が見たニッポン（「本物を生きている者たち」第一二回、二〇一四年七月号）
自給自足という当たり前（「本物を生きている者たち」第一五回、二〇一四年一〇月号）
サティシュ先生を訪ねる（「本物を生きている者たち」第一回、二〇一三年八月号）
ポスト3・11時代のお寺ムーブメント（「カフェ・ノマド」第一三回、二〇一二年二月号）
被災地でのキャンドルナイト（「カフェ・ノマド」第八回、二〇一一年九月号）
ありがとう、さようなら（「カフェ・ノマド」第二一回、二〇一二年一〇月号）
ヨーロッパで夜を想う（「カフェ・ノマド」第一九回、二〇一二年八月号）
海辺の町の本物の音楽（「本物を生きている者たち」第一八回、二〇一五年一月号）
金子みすゞのいる町、いない町（「カフェ・ノマド」第六回、二〇一一年六月号）
引き算のパワー（『春秋』二〇一六年二・三月号）

Ⅱ

本物の愛はどこに？（「本物を生きている者たち」第七回、二〇一四年二月号）
風の便りと本物のニュース（「本物を生きている者たち」第一〇回、二〇一四年五月号）
贈与経済を目指す静かな冒険（「カフェ・ノマド」第一四回、二〇一二年三月号、「世界の仲間たちへのギフト」『BE-PAL』二〇一一年一月号）
スピリチュアルな社会変革運動（「本物を生きている者たち」第二四回、二〇一五年七月号）
天からのメッセージ（「カフェ・ノマド」第七回、二〇一一年八月号）
最後のマングローブ象（「カフェ・ノマド」第二七回、二〇一三年四月号）
野草に学ぶエコロジーと平和（「カフェ・ノマド」第一二回、二〇一二年一月号、「カフェ・ノマド」第二三回、同年一二月号）
汚く生きようよ　LET'S GET DIRTY（「本物を生きている者たち」第五回、二〇一三年一二月号）
母たちは希望をつくる（「カフェ・ノマド」第二四回、二〇一三年一月号）
生きとし生けるもののために祈る（「カフェ・ノマド」第一〇回、二〇一一年一一月号）
究極のスローフード・ムーブメント（「カフェ・ノマド」第二八回、二〇一三年五月号）
偉大な森の〝ナマケモノ〟（「カフェ・ノマド」第二九回、二〇一三年六月号）
奥地の村にコットンが蘇る（「本物を生きている者たち」第二回、二〇一三年九月号）
生きものの自由が人類の希望（「本物を生きている者たち」第八回、二〇一四年三月号、「本物を生きている者たち」第九回、同年四月号）
世界一豊かな森を守る男（「本物を生きている者たち」第一九回、二〇一五年二月号）
あの青い点こそ、わが故郷（「本物を生きている者たち」第一六回、二〇一四年一一月号）
生と死のエコロジー（『春秋』二〇一六年四月号）

III

サハラ砂漠でキツネに会う（「カフェ・ノマド」第二〇回、二〇一二年九月号）
ベンチに寝転がって本を読もう（「カフェ・ノマド」第二五回、二〇一三年二月号）
旅も人生も、ぶらぶらと（カフェ・ノマド」第二二回、二〇一二年一一月号）
ダムネーションvsリヴァーピープル（「本物を生きている者たち」第二〇回、二〇一五年三月号、「本物を生きている者たち」第二一回、同年四月号）
山伏にアウトドアの原点を見た（「本物を生きている者たち」第六回、二〇一四年一月号）
ローカルでホリスティックな医療（「本物を生きている者たち」第一三回、二〇一四年八月号）
アウトドアは楽しい不便（『BE-PAL』二〇一〇年二月号）
グローバルに考え、ローカルに行動する（「本物を生きている者たち」第一一回、二〇一四年六月号）
あなたのいのちの輪郭は？（「カフェ・ノマド」第一一回、二〇一一年一二月号）
民衆の教育運動とローカル・エネルギー（「本物を生きている者たち」第一四回、二〇一四年九月号）
誰よりも豊かな恵みの中に生きている（「カフェ・ノマド」第二回、二〇一一年二月号）
精神科病院に育てられた緑の町（「本物を生きている者たち」第三回、二〇一三年一〇月号）
田舎こそ希望の砦（「カフェ・ノマド」第九回、二〇一一年一〇月号）
平和で幸せな未来は、まず今、ここから（「本物を生きている者たち」第一七回、二〇一四年一二月号）
グローバルからローカルへ（書き下ろし）
よきことはカタツムリのように（『春秋』二〇一六年五月号）

著者紹介

辻信一（つじ・しんいち）

文化人類学者。環境活動家。明治学院大学国際学部教授。ナマケモノ倶楽部世話人。「100万人のキャンドルナイト」呼びかけ人代表。「スローライフ」や「GNH」というコンセプトを軸に、環境＝文化運動を進める一方、スロービジネスにも積極的に取り組んでいる。3・11をきっかけに「ゆっくり小学校（スロー・スモール・スクール）」を立ち上げ、学びの場を通してつながりを取り戻す活動をすすめている。著書に、『弱虫でいいんだよ』（ちくまプリマー新書）、『「しないこと」リストのすすめ』（ポプラ新書）、『スロー・イズ・ビューティフル』（平凡社）ほか。

http://www.sloth.gr.jp/tsuji/

よきことはカタツムリのように

2016年9月20日　初版第1刷発行

著者Ⓒ＝辻　信一
発行者＝澤畑吉和
発行所＝株式会社 春秋社
〒101-0021　東京都千代田区外神田2-18-6
電話（03）3255-9611（営業）・（03）3255-9614（編集）
振替　00180-6-24861
http://www.shunjusha.co.jp/
印刷所＝萩原印刷 株式会社
装　丁＝岩瀬　聡
装　画＝野津あき

ISBN 978-4-393-33353-2　C0036
定価はカバー等に表示してあります

E・L・クライン／鈴木素子訳

ファストファッション

クローゼットの中の憂鬱

格安・大量流通の裏には何がある？　生産に携わる人々に肉迫取材、中国の工場に侵入、ドミニカの縫製工場やリサイクル現場までを追い、消費社会の病理に迫る衝撃のルポ。

２２００円

K・M・フリーズ＋K・クラフト＋G・P・ナバーン／田内しょうこ訳

トウガラシの叫び

〈食の危機〉最前線をゆく

民族植物学者、農業生態学者、料理人が古来より気候変動を生きのびたトウガラシに注目、地球の現状を知る旅に出た。米大陸の様々な地で農家、料理人、先住民が語る真実とは。

２３００円

S・クロイツベルガー＋V・トゥルン／長谷川圭訳

さらば、食料廃棄

捨てない挑戦

食料の半分は捨てられている！　不都合な真実に口を閉ざす人々、ユニークな方法で抗う人々に肉薄した、捨てない未来を模索するルポ。エネルギー・食糧問題を抱える日本人必読！

２５００円

C・G・アルヴァイ／長谷川圭訳

オーガニックラベルの裏側

21世紀食品産業の真実

環境と人に優しいと謳いつつ大量生産・廃棄されるオーガニック食品の実態をルポ。共食いする鶏。ゴミ箱行きの不揃いの野菜……。食を私たちの手に取戻す方法とは。

２２００円

ティク・ナット・ハン／池田久代訳

〈気づき〉の奇跡

暮らしのなかの瞑想入門

ベトナム戦争のさなか、友人のために書いた仏教の核心と瞑想の手引き。驚くほど平易でみずみずしい言葉が涼やかに胸に沁みてゆく、まさにティク・ナット・ハンの原点。

２０００円

▼価格は税別。